七十八事

刘易之◎著

綫装書局

图书在版编目（CIP）数据

七十八事 / 刘易之著. -- 北京 : 线装书局, 2023.7
ISBN 978-7-5120-5455-4

Ⅰ. ①七… Ⅱ. ①刘… Ⅲ. ①回忆录－中国－当代
Ⅳ. ①I251

中国国家版本馆CIP数据核字(2023)第113975号

七十八事
QISHIBASHI

作　　者：刘易之
责任编辑：白　晨
出版发行：线装书局
　　地　址：北京市丰台区方庄日月天地大厦B座17层（100078）
　　电　话：010-58077126（发行部）010-58076938（总编室）
　　网　址：www.zgxzsj.com
经　　销：新华书店
印　　制：三河市腾飞印务有限公司
开　　本：787mm×1092mm　1/16
印　　张：11.25
字　　数：230千字
印　　次：2024年7月第1版第1次印刷

定　　价：68.00元

线装书局官方微信

序

父亲去世已五年半，想写这本书也已有五年，但把这七十八件事列出来，却不到五个小时。

取书名“七十八事”，是因为父亲活了七十八岁，在此记录七十八件关于父亲的事情。作为儿子，心中想起父亲的事情何止这些。不写出来，这些事就永远留在言谈、记忆中，不是担心自己以后老了糊涂了，而是希望儿孙们能永远清晰地知道真实的先人。

这七十八件事体现出父亲的言传身教、音容笑貌、仁义道德。父亲是平凡的，这些事也是平凡的。父亲也是伟大的，这些事更反映出一个凡人之伟大。

父亲是我的太阳、我的英雄、我的榜样。父亲去世，我痛不欲生。我希望来世成为他更加满意、更加骄傲的儿子。再来一百世，还是他的儿子。

谨以此书，深深怀念我的父亲。

纪念父亲大人元戊公诞辰八十五周年

二〇一六年九月二十一日

《诗·小雅·蓼莪》："哀哀父母，生我劳瘁。"

父亲大人手迹

父亲大人　二〇〇八年　美国拉斯维加斯

序

父亲去世已五年半，想写这本书也已有五年，但把这七十八件事列出来，却不到五个小时。

取书名《七十八事》，是因为父亲活了七十八岁，在此记录七十八件关于父亲的事情。作为儿子，心中想起父亲的事情何止这些。不写出来，这些事就永远留在言谈、记忆中，不是担心自己以后老了糊涂了，而是希望儿孙们能永远清晰地知道真实的先人。

这七十八件事体现出父亲的言传身教、音容笑貌、仁义道德。父亲是平凡的，这些事也是平凡的。父亲也是伟大的，这些事更反映出一个凡人之伟大。

父亲是我的太阳、我的英雄、我的榜样。父亲去世，我痛不欲生。我希望来世成为他更加满意、更加骄傲的儿子。再来一百世，还是他的儿子。

湖北大冶　易之刘新

二〇一四年十二月三十一日

《尚书·酒诰》云：“肇牵车牛，远服贾用，孝养厥父母。厥父母庆，自洗腆，致用酒。”

《诗经·小雅·小弁》云：“维桑与梓，必恭敬止。靡瞻匪父，靡依匪母。”

《诗经·小雅·蓼莪》云：“哀哀父母，生我劬劳。”“哀哀父母，生我劳瘁。”

“父兮生我，母兮鞠我。抚我畜我，长我育我。顾我复我，出入腹我。欲报之德，昊天罔极。”

《诗经·大雅·下武》云：“永言孝思，孝思维则。”“永言孝思，昭哉嗣服。”

二〇一五年十一月六日

目 录

甲、七十年代

一、坐在他身边

“文化大革命”期间，估计我才三四岁，父亲基本在家工作。当他坐在书桌边看书、写作、篆刻时，我常坐在他书桌的左边，看着他做事，而且一坐就是二三个小时，安安静静，不吵不闹。

现在回想起来挺纳闷，那个年岁，怎么能那么安静、那么乖呢？实在是有些不明白。可能是觉得和父亲在一起挺安心吧，这一定是天生的。

《孝经》曰：“子曰：孝子之事亲也，居则致其敬。”

二、洗抹布

记得一次午饭后，母亲不在家，父亲带我做清洁，他清洗抹布，同时教我怎么洗。看到他将脏兮兮的抹布洗得那么干净，我很吃惊。记得他说：要认真清洗，多洗几遍。

扫地也是父亲教我的。他教我不能挥动扫帚，必须贴着地面而且要慢，灰尘才不会扬起。

还记得小时候每当手中有刺，都是父亲帮我挑，他总是那么耐心、细致。

父亲做事一丝不苟，这是他的特点。无论任何事情，几乎从没见过他急躁马虎、不耐烦。现在想起来，这真是最优秀的品德，是我一辈子都要学习和牢记的。

隐约记得七十年代，父亲从朋友处花七十元买了一只瑞士雷达表，他很喜欢。经常看见他用牙膏擦拭手表外壳，他告诉我，牙膏是最好的摩擦剂。现在我保留着这只表，修了几次都没修好。

子曰："文，莫吾犹人也。躬行君子，则吾未之有得。"

三、爬伏波山

一天下午，父亲为了写关于桂林山水的文章，带我去爬洑波山，我因此没上学。一路上他牵着我的手，爬山时让我数台阶数。当时我好高兴。

小时候，每次与父亲出门，尤其过马路时，他总牵着我的手。他的手是那么大，那么有力。在父亲去世后的那七个星期，我常回忆，为此作有五律《父亲牵我手》。

父亲牵我手
己丑午月思父而作

父亲牵我手
一晃三十年
语重心殊眷
情深意邈绵
觉时思旧事
梦里盼从前
儿稚不知爱
应声声似连

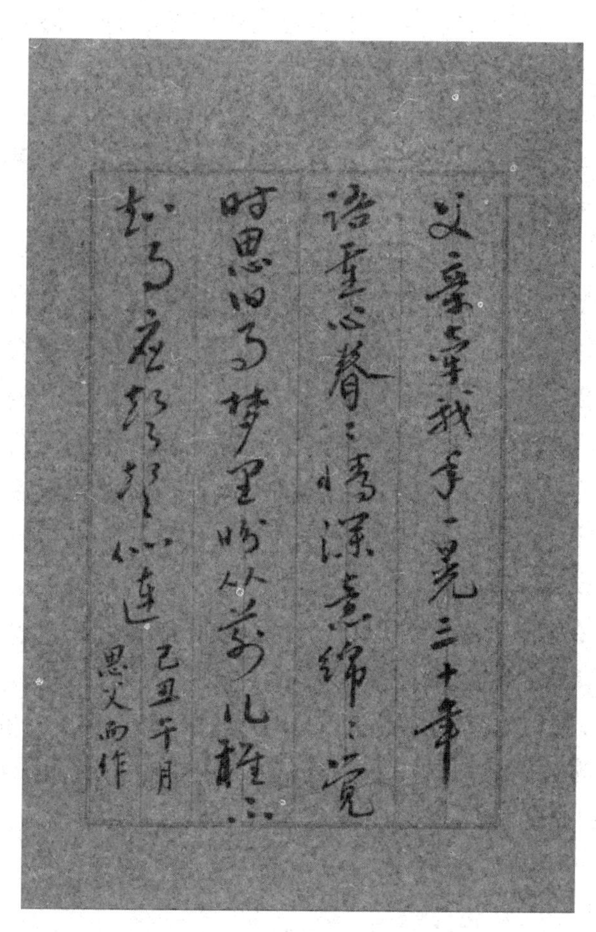

下面是父亲与朋友合著的《桂林山水》一书中《洑波山》一文，他带我去洑波山，估计就是为了写这篇文章。

洑　波　山

洑波山，是一个山奇洞美的名胜地。清人张联桂诗云：“城边一峰拔地起，嵯峨俯瞰漓江水，江流到此忽一折，百道滩声咽舟底”，生动形象地描绘出洑波山的特点。

洑波山在市区的东北面，孤峰挺秀，半插江潭，半枕陆地，素有“洑波胜境”之称。

山的东麓，遏阻江流，形成深潭，名洑波潭。平时潭水清澄碧绿，波平如镜。但遇春夏水涨，浪急涛涌，则是另一番景象。宋人章岘《留题洑波岩》诗云：“波澜回洑啮山根，山裂岩开石室存。”洑波由此得名。宋人范成大也说，洑波山“前浸江滨，波浪汹涌，日夜漱啮之”。

有人以为汉代马援任伏波将军，山上又曾建伏波庙，山名的由来或与马援有关。但也有人认为，马伏波根本没有到过桂林，元代张湖山就说“无乃好事相传讹”。明人张鸣凤在《桂胜》里也说得明白：“唐伏波庙在郭东北二里，去山较远。宋元丰间（公元一〇七八——一〇八五年）游者题作‘洑波’，取麓遏澜回故云。”也就是说，所谓“洑波”，是江流到此遇到山麓的阻障，因而旋回。洑波是波浪回旋的意思。

山的南麓是一个小小的园圃，植有丛竹、棕榈和花卉，清静别致。山的南侧，旧时建新息侯祠、玉皇阁，抗日战争时毁坏了，尚留两级台基。

还　珠　洞　　　　封小明　摄

现就原址新建回廊、汲波茶室和听涛阁。听涛阁依崖高踞，是观景最好的地方。登临其上，眼界开阔，心胸坦荡，江山如画，美不胜收。尤以清晨望尧山日出，或雾中眺訾洲烟雨，最有特色，就象欣赏别具匠心的国画，令人赞叹不已。若遇波澜回洑，于阁中听涛，更能领略所谓“江声不断自朝晡（bū逋）”的诗意。

西麓有登山石级，山腰处有观景台，台上建癸水亭。癸水是漓江的别名，古时的癸水亭，是修建在山北麓的。于台上看西北面的老人山，很象一位老人披着风帽，翘首南望，须眉毕现，神态如生。由观景台再上顶峰，就有点象上华山的西峰了，山狭路窄，崖陡石峭，登山游客须“屈膝摸崎路，弯腰过险关”。不畏险阻、敢于登攀的人，却是很有兴致上到山顶的。

洑波山麓有著名的还珠洞，古时又称东岩。洞门面江，过去游览这个洞，要坐船才能到达。宋代曾在西麓凿洞通进去，但由于岩口狭小，不利通行。抗战期间，曾将洞口拓大。解放后，又在南麓增辟出入口。从此，游览的人多从南麓出入，不用坐船了。

还珠洞玲珑通透，中多旁洞，“如层城复道”。由南入，约数十步，豁然开朗。东面临江，在朝阳照耀中的还珠洞，金碧辉煌，俨然是一座水晶宫殿。洞中有一石柱下垂，上大下小，高约一丈多，却不与地面相接，留有一寸左右的空隙。古人形容它“悬空而下，状若浮柱”，非常奇特，游人到此，莫不惊叹。这就是有名的试剑石。因为它离地的空隙，就象是用剑砍成的。试剑石又叫状元石，传说它与地面接触一次，桂林就出一个状元。这显然是荒诞可笑的。

还珠洞景物很美，无怪人们称赞它为人间仙境。宋人朱晞（xī希）

伏　波　山　　　　　　陈亚江　摄

颜题刻在洞内的诗，就是这样赞美的：

天斫神剜不记年，洞中风景异尘寰。
江波荡漾青罗带，岩石虚明碧玉环。
地接三山真迹在，天连合浦宝珠还。
重来恍似乘槎到，惭愧云门夜不关。

由试剑石旁沿石级盘错而上，可达千佛岩，岩内摩崖佛像很多，现存大小二百余尊，为唐代所造。最早的刻于唐代大中六年（公元八五二年），是很宝贵的古代造像艺术。

志书记载，还珠洞内有紫白二蛟形，长数丈，蜿蜒相向，头上有个圆晕，形状如珠，似有二龙戏珠之意，故旧名玩珠。明人邝露在《赤雅》里也说还珠洞“盘盓（wū污，旋流）钻注，骊龙穴焉，名玩珠洞”。元人张湖山的《伏波山歌》和明人胡直的《还珠洞记》都记叙了这样的一个民间传说：有渔翁入洞，见一老人熟睡，身旁放着一颗珠子，渔翁就捡了回家。别人告诉他这是龙珠，恐怕会触怒老龙，叫他赶快归还，所以就叫它还珠洞。稍后传说略有发展，说老龙就住在洑波潭里，每当月明夜静的时候，它就上到洞中来观景和玩珠。清人罗辰所作还珠洞诗云：“夜来试看波心月，疑是珠光照洞前。”这就把玩珠和还珠两名的由来统一到一个传说里来了。

又一说马援载薏米经过这里，被人诬谗（chán蝉）为搜刮珍珠，他便将薏米倒在洑波潭里，以示真假，故洞名还珠。这纯粹是因为马援死后遭谗，后人对他的同情而附会的故事。

洑波山的石刻和叠彩山一样，也是以丰富著称的，尤其是还珠洞内摩崖殆遍。最早的为唐咸通四年（公元八六三年）桂管观察使赵格和摄支使刘虚白的题名。最著名的有宋代大书画家米芾（fú符）的自画像和题名，诗人范成大的鹿鸣燕诗。特别值得一提的是宋治平二年（公元一〇六五年）刘恕等六人的题名。刘恕是有名的史学家，博览强记，刻苦勤学，曾因苦读把口都读烂了。从治平三年起，他参与《资治通鉴》的编写工作，是司马光三个得力助手中贡献最大的一个。他从事撰述工作十三年，得了瘫痪症，还坚持口头讲授，儿子笔录，但书还没有写完他就病死了。

洑波山现尚有清代定粤寺的两件遗物，一是五千多斤的铸铁大钟，一是可煮成担米的千人锅。寺名定粤，是清初平定两广后为纪功和加强对人民的统治而建的。定粤寺在四望山南麓，抗日时期全毁，大钟和大锅，是以后移来这里的。

四、亲我

记得我七八岁读小学时，每当放学回家，父亲总喜欢抱我到床上亲我，掐捏我，逗我嬉笑，轻轻地在我脸上咬几口，说着“吃口嘎嘎肉”，叫我“大头狗”或“大头宝”。我甚至还记得他口中的烟味。

这是父亲对儿子的爱，那么亲，那么温馨。过了那个年岁，与父亲就没有这样的肌肤之亲了，似乎都没拥抱过。回想起来这是多么奇怪，父子间亲密，是再正常不过的事了。

作为传统文人，父亲感情内敛，对子女的爱藏在心里。

子曰：“子生三年，然后免于父母之怀。”

五、修改作文

小学时候，知道父亲会写作，总想让他修改我的作文，好让老师表扬我。但每次给他看，他总说“很好”，一字不改。记得他似乎也不想看。实际上，我也不太敢给他看，每次都是母亲鼓励我把作业本给他。

父亲曾是语文老师，怎么不改呢？现在想来有道理，因为作文是我的事。他相信我，也放心我。而且我的想法也不对，父亲也不应帮我改。

父亲总是说，写作要快，修改要慢。他常提起海明威写作的故事，说他总是站着快速写，坐下来慢慢改。

对待写作，直到三十来岁，我才逐渐有了较深的认识，估计是遗传。

六、对待书的态度

听两个姐姐说，我两三岁时，因为一次撕书，被父亲打了手掌。这事我已经记不清楚了，但这应该是他一生中唯一一次打自己的儿子。

从小就知道父亲爱惜书，他给自己的很多书做了牛皮纸封套，并在封套上用毛笔工整地写下书名。他一再告诫我们要爱惜书本，如不允许乱折、乱涂书，书页的四角要平整等。

这是读书人的习惯，也是传统。现在每当看到有人把茶杯随手放在书上，我都会感到非常不舒服。

七、商量剧本

我还小的时候，父亲在市文化局文艺创作办公室担任创作员，工作主要是编写桂剧剧本，一般在家里办公。每当与同事商讨剧本兴奋之时，他会手舞足蹈，眉飞色挑。为了赶写剧本，他常常熬夜，经常说："今晚又要开夜车了。"当时的我不明白为什么要"开夜车"？

父亲参与编写的剧本，据舅舅说，大概近百部，如《农机曲》《太平天国》《桂花仙子》《一朵鲜花》《唐知县审诰命》《玉带缘》等。

常听父亲评价一些电影戏剧："情节不紧凑，东扯西拉。" 回想起来，他说得对，文艺作品如果中心思想不明确、剧情拖拉，就是致命的。

现在的我非常喜欢看电影，且总关心是哪年制作的，如果早于父亲去世，就会想他是否看过。曾看过一九五五年的日本电影《剖腹》三遍，觉得很好，总想父亲是否看过呢，他是怎样评价的呢？

父亲特别喜欢戏剧，晚年常看电视中的戏剧节目。直到临终前几日，还看京剧，且调大声音，津津有味。

后来我听家乡老人说，抗战时，父亲十岁左右，就常架起假枪假装打鬼子。

这是当年桂剧《永安城》的宣传单。

编　剧：鲁　汶　刘克嘉（执笔）　周明亮

导　演：筱兰魁

音乐设计：李石庵

午台设计：黄济苍　杨厚乐　黄云程

演　员　表

洪宣娇……………………………………罗桂霞

肖朝贵……………………………………周桂童

洪秀全……………………………………盛忠创

韦　壮……………………………………白甘霖

李铁臂……………………………………阳桂峰

李　芳……………………………………邢庆华

诸王、卫士、军士………………………本团演员

朱　八……………………………………筱兰魁

周锡能……………………………………阮　冲

周理真……………………………………文　正

蔡晚妹……………………………………陶群芳

乌兰太、清兵……………………………本团演员

职　员　表

布景、道具：赖　骧　祁振峰　廖吉凤　黄桂尚　何家备

灯　光：何素堂　[illegible]智

效　果：吴　军

服装、化装：陈秀英　张文艳　王艺仙　陶美君

伴　奏：本团乐队

指　挥：潘维强

午台监督：阳桂秋　周　运

剧情说明

一八五一年一月，洪秀全领导的空前规模的反帝国主义走狗清朝的太平天国战争，在广西金田暴发了。同年九月，攻占了第一座州城——永安城（即广西蒙山县）。

太平天国为发展革命大好形势，在永安城，除采取了封王建制、休整部队、补给军needs、宣传群众等重大措施外，还进行了一场关系大局的反间肃奸的激烈斗争。清统治者为竭尽全力地镇压太平天国，在加紧军事围攻的同时，并采取"设计用间"的手段，妄图从内部瓦解太平军。

原太平军军帅周锡能，在转战象州时，借口"团集会众"，离开队伍，投降了敌人。一八五一年十二月，他诡称团集归来，带奸细朱八混入永安城。他们破坏天朝铸炮，盘盛出战，以乱挠略部署，并窃据东岭炮台，准备到时炮轰永安城，企图最后刺杀天王，"内应谋反"。

在天王洪秀全的统一部署下，军帅洪宣娇与敌人展开了针锋相对的斗争，恢复铸炮，侦察周、朱活动，撤换周锡能主帅东岭炮台之职，在反间肃奸问题上劝说一时思想上转不过弯的西王，并亲自去周府探察动静，逮捕了周锡能，最后智审朱八，彻底粉碎了敌人的阴谋。

洪秀全在粉碎敌人阴谋后，将计就计，率领大军胜利突围。

这场斗争，使清统治者诡计破产，更遭惨败；而太平军益加巩固，提高了警惕，增强了团结，为挥军北上，坚定了必胜的信念。这是太平天国革命斗争史上光辉的一页。

场　　次

第一场	风满城楼	第五场	周府察变
第二场	红炉烈火	第六场	智审朱八
第三场	炮台换帅	第七场	祭旗北上
第四场	月下谈兵		

傲霜梅花枝枝灿

（洪宣娇唱段）

风雪中傲霜梅花枝枝灿，

辉映这烟熏火燎，弹痕点点，血染的战旗色尤艳，顿忆起往事历历现眼前。

回想那患难时万众浴血突围战，

只杀得刀折旗卷天昏地暗马不前。

危急时天王他亲临阵中赠你青锋剑，

拍战旗誓同生死解民悬。

受激励斗志昂振臂一呼山河撼，

我天兵好似那风扫残云斩妖杀魔冲出万重天。

为什么太平军百战百胜破敌胆？

只因为高举义旗团结一心眼光远，多谋善断部署全。

西王呀！若不能深悟此道怎能扭得乾坤转。

若不能同心同德眼明亮，岂能容暗有人朋比为奸。

若不能防虎防狼肃敌网，

这鲜血染红的战旗还能打几天！

八、题字

七十年代，父亲常书题写字，如“桂林电影院”等标题、“摩崖石刻”等文物古迹名字、八路军办事处的解说词，以及桂剧放映时两旁灯箱投影的对白词等。我常把他作废了的字带到课堂上，让同学和老师观看，心中很是自豪。

那时父亲的字很有名气。我记得常有书法爱好者带着作品到家里请他评论，他总是热情地留客吃饭。饭菜很简单，冬天烫些白菜，配上豆豉。他很开心，我也很开心，记得白菜尤其甜。

子曰：“贤哉，回也！一箪食，一瓢饮，在陋巷，人不堪其忧，回也不改其乐。贤哉，回也！”

实际上，父亲对自己的毛笔字并没有太多的信心，但对篆刻非常很自信。他常说：“有人说他的字是账房先生的字，太对了。”

我经常听父亲评价别人的字，他说有些人的字是“做”字而不是“写”字，我现在才明白他的意思。父亲有时评价别人的字，不愿说不好听的话，就会面带微笑地说：“敢写。”

子曰：“君子成人之美，不成人之恶。小人反是。”

子曰：“君子和而不同，小人同而不和。”

约二〇〇六年，我在河南安阳岳飞庙看到了岳飞写的《出师表》，觉得很好，买了拓本回家给父亲看。我原以为他会称赞其字，不想，他看后什么话都没说。过了几年，自己再看岳飞的字，终于理解了父亲，感觉兵家写出了书家的字，没有气势，为此还专门作有诗。

有一次，父亲看到怀素《自序帖》，他说：“这字写得太好了，这几个字是一笔写出来的。”

父亲曾为公司大楼奠基题字“基业长青”，竣工后他仅选“日就月将”四字而不写，说字笔画太少，不好写。

父亲生前最后一次想写字，是临终前两天。他让我给他纸和笔，但手抖得太厉害，写不出来。我始终没猜出他那时想写什么，真是太遗憾了。

父亲一辈子写字一丝不苟。从小就看他用格子稿子反复誊抄，错一个字就换张重来。

下面是父亲的钢笔字稿迹，写得太漂亮了，字形结构、用笔深浅、一撇一捺，极其到位，可作为字帖。

桂林市文化局文艺创作办公室稿纸　　第 1 页

诗贵乎情

刘克嘉

"诗贵乎情"这个题目，乍看起来似乎不大新鲜，若认真探讨下去，对于我们提高诗的创作水平还是颇有好处的，因此还不妨老生常谈，温故知新。

众所周知，唐代崔护《题都城南庄》是一首传诵千载、脍炙人口的好诗：

去年今日此门中，人面桃花相映红。

人面只今何处在，桃花依旧笑春风。

第一句点明初到与再到的是同时同地，第二句写初到情景，第三句写人面不见了，第四句写再到情景。章法井然，有循环呼应之妙。诗中不直说所遇的女子長得如何，而只说"人面桃花相映红"，妙不可言。青春少女，面色红润，

20×15=300

九、桥牌

小时候我喜欢周六晚上，因为那时候父亲会与朋友打桥牌。通常晚饭后，他们会约在牌友家，玩至深夜十二点。这个习惯持续了三十多年。他们经常在我家玩桥牌，这时母亲会做一些宵夜，比如牛奶煮面疙瘩、糖水鸡蛋、米粉等。我和弟弟特别开心，因为我们有好吃的了。

桥牌是父亲三十多年的娱乐，九十年代的时候还会参加一些竞赛。但我始终感觉他打桥牌更多的是为了与朋友交往，自己没瘾。他一生花时间最多是看书，除了篆刻、看书外，没见他痴迷于什么。

我对父亲的朋友们的印象是，他们都温文尔雅，玩笑自然会开，但没有说过一句粗俗的话。

子曰："恭近于礼，远耻辱也。"子曰："质胜文则野，文胜质则史。文质彬彬，然后君子。"

这是八十年代中期，在父亲书房的一次周末桥牌聚会。左一何福宗、左二覃尚长，右一刘英。

十、出差

小时候，每当父亲出差，我们总惦念着他何时回来。印象很深的是一次他从南宁回来，我和弟弟在家门口等他，远远看见他肩上扛着西瓜走来。那时是夏天。

记得父亲出差不少，大部分坐火车。他出差，一类是参加会议，另一类是为了写作去体验生活。

二〇二〇年我陪母亲去广西桂平县，参观了太平天国洪秀全起义处。母亲告诉我，当年父亲为了写剧本《永安城》，在桂平县金田村待了一段时间。她说："现在回想起你爸爸当年的体验生活也很辛苦。"的确是，吃不好、住不好，大部分交通都靠走。

这是父亲写的关于永安城的两首诗，用的是平水韵。

题永安城（一）

出奇制胜夺州城，建国封王缮甲兵。

鏖战龙寮妖胆颤，至今似听马嘶声。

自注：永安城即现在的蒙山县，太平天国是在此建国封王，修整军旅，向北挺进。

题永安城（二）

失算天王未渡河，清廷得喘紧回戈。

永安江水声如泣，血雨金陵染碧荷。

十一、夜里下楼

小时候，家楼下是一条巷子，距百梓派出所很近，有时夜里有急促嘈杂的脚步声。这时父亲会穿衣下楼，了解发生了什么，仿佛随时准备伸张正义。

父亲正义感强，疾恶如仇，看见坏人、扒手都要上去阻止。我现在都还记得他看见扒手时的眼神。好像他曾对我说过，等我长大了，让我练习功夫，带我去抓坏人。

子曰："非其鬼而祭之，谄也。见义不为，无勇也。""知者不惑，仁者不忧，勇者不惧。"

子曰："有德者必有言，有言者不必有德。仁者必有勇，勇者不必有仁。"

子曰："君子不忧不惧。""内省不疚，夫何忧何惧？"

十二、锻炼

父亲曾说他小时在家乡练过武，师傅姓吴，长住在他家。他还说，村里有人耕田时，感觉背后有声响，转身一看，发现是只豹子，结果这人果断地一拳击中豹子鼻梁，豹子当即晕倒。

在我的记忆中，父亲锻炼较少，甚至都懒得散步。他一辈子似乎与运动无缘，根本不看电视中的运动节目，唯一喜欢的就是游泳。游泳还是小时在家乡学的，他自称是狗刨式。

子曰："知者乐水，仁者乐山。知者动，仁者静。知者乐，仁者寿。"

这是父亲在深圳小梅沙游泳的照片。

十三、新华书店

父亲很喜欢新华书店，常带我去。他去书店，一般都会买几本书，有时肩扛着回家。买到好书会他非常兴奋，甚至刻章纪念。很多出版社与他有联系，知道他藏书，当有好书或大部头发行时都通知他。

大冶刘克嘉所藏书籍文字印

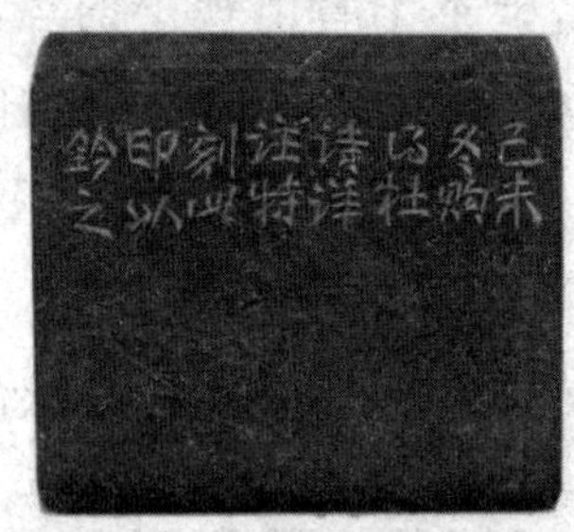

边款：己未冬购得杜诗详注特刻此印以钤之

注：己未即1979年。

藏书是父亲一辈子的爱好，花了很多时间和精力，也花了很多钱。经常听他说："最怕别人来借书""这套书买了后其他书就可以不买了"等等。如《中文大字典》这类书，他称之为工具书。当朋友有问题问他时，他总是很乐意地在书中查找答案。

父亲的藏书是我见过私人藏书中最多的，估计有几万册。现在想来，他藏书是有原则的，一是出于读书人对书的热爱；二是收藏中外文学历史哲学，以及书法篆刻类书；三是不刻意收藏旧本；四是大量收藏工具书。这很有道理，为了需要藏书，不是为了藏书而藏书，与藏书家不同。

父亲在家里，除了吃饭睡觉，总喜欢待在他的书房。七十年代条件不好，他也有书房，估计八九平方米。他的书房前后有四个名字，六十年代是"洗心室"，七十年代是"望山楼"，八十年代左右是"容膝斋"，之后是"觉是斋"。

正如我在《容膝斋治印》序言中所介绍："最初是'洗心室'，那是二十世纪六十年代的时代产物，社会变迁，需要洗心革面；到婚后居于一栋三层木楼的顶楼房间里，'望山楼'是父亲中年时期进行创作的地方，也是我们孩童时除了书房还是书房的生活和记忆；再其后，生活条件逐步改善，父亲的书房扩大了，书房也改名为‘容膝斋’，出自陶渊明的《归去来兮辞》中‘审容膝之易安’一句，表达了他对恬淡平居的追求；父亲晚年移居广州，在远离城市喧嚣的别墅里，父亲的书房更名为‘觉是斋’，也同样出自陶渊明的《归去来兮辞》中的‘觉今是而昨非’一句，体现出他的精神世界的变化。”

子曰：“君子居之，何陋之有？”

现在还记得，他的书桌上的玻璃板下压着《中国历代年表》，以及他写的“望山楼”书房名三字。

正如我在《望山楼诗草》序言中写道：“每当看到父亲的这些诗稿，都令我们回想起当我们还是孩童的时候，父亲书桌上的玻璃板下压着‘望山楼’三字，旁边摆放着《诗人玉屑》这本书的一幕，令我们想起他晚年出门旅行时随身必带的《宋人千首绝句》，更令我们想起他偶尔与我们谈论过的《乙酉春初过韶关阻车》这首五律，以及临终前要我们给他看《古文观止》一书。诗就是父亲的人生，人生就是父亲的诗，父亲的人生是诗意的人生。”

下图是父亲书桌的玻璃板下压着的《中国历代年表》，估计有四十多年了。我们很小的时候，他就要我们背得滚瓜烂熟。有次弟弟见到我大儿子，也这样要求他。

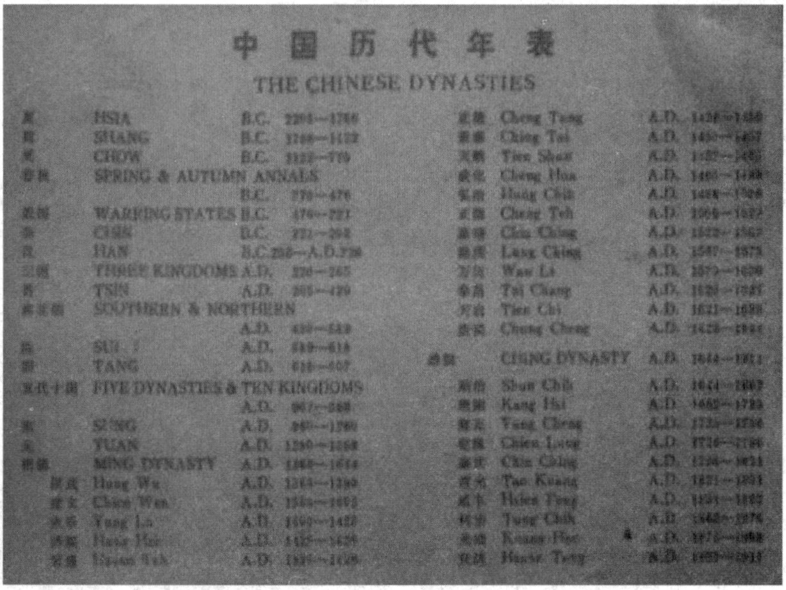

中国历代年表

THE CHINESE DYNASTIES

[illegible]	HSIA	B.C.	[illegible]
[illegible]	SHANG	B.C.	[illegible]
[illegible]	CHOW	B.C.	[illegible]
[illegible]	SPRING & AUTUMN ANNALS	B.C.	770—476
[illegible]	WARRING STATES	B.C.	476—221
[illegible]	CHIN	B.C.	[illegible]
[illegible]	HAN	B.C.	[illegible]
[illegible]	THREE KINGDOMS	A.D.	[illegible]
[illegible]	TSIN	A.D.	[illegible]
[illegible]	SOUTHERN & NORTHERN	A.D.	[illegible]
[illegible]	SUI	A.D.	[illegible]
[illegible]	TANG	A.D.	[illegible]
[illegible]	FIVE DYNASTIES & TEN KINGDOMS	A.D.	[illegible]
[illegible]	SUNG	A.D.	[illegible]
[illegible]	YUAN	A.D.	[illegible]
[illegible]	MING DYNASTY	A.D.	[illegible]
[illegible]	Hung Wu	A.D.	[illegible]
[illegible]	Chien Wen	A.D.	[illegible]
[illegible]	Yung Lo	A.D.	[illegible]
[illegible]	Hung Hsi	A.D.	[illegible]
[illegible]	Hsuan Teh	A.D.	[illegible]
[illegible]	Cheng Tung	A.D.	[illegible]
[illegible]	Ching Tai	A.D.	[illegible]
[illegible]	Tien Shun	A.D.	[illegible]
[illegible]	Cheng Hua	A.D.	[illegible]
[illegible]	Hung Chih	A.D.	[illegible]
[illegible]	Cheng Teh	A.D.	[illegible]
[illegible]	Chia Ching	A.D.	[illegible]
[illegible]	Lung Ching	A.D.	[illegible]
[illegible]	Wan Li	A.D.	[illegible]
[illegible]	Tai Chang	A.D.	[illegible]
[illegible]	Tien Chi	A.D.	[illegible]
[illegible]	Chung Cheng	A.D.	[illegible]
[illegible]	CHING DYNASTY	A.D.	[illegible]
[illegible]	Shun Chih	A.D.	[illegible]
[illegible]	Kang Hsi	A.D.	[illegible]
[illegible]	Yung Cheng	A.D.	[illegible]
[illegible]	Chien Lung	A.D.	[illegible]
[illegible]	Chia Ching	A.D.	[illegible]
[illegible]	Tao Kuang	A.D.	[illegible]
[illegible]	Hsien Feng	A.D.	[illegible]
[illegible]	Tung Chih	A.D.	[illegible]
[illegible]	Kuang Hsu	A.D.	[illegible]
[illegible]	Hsuan Tung	A.D.	[illegible]

这是父亲在他早期的书房——“望山楼”。

这是父亲两个时期的书房，“容膝斋”和“觉是斋”。

十四、父母争吵

小时候，仅仅一次，在父母房门外，听见他们高声说话，好像母亲生父亲的气。之后再也没见过父母争吵，更没见过父亲高声对母亲说话。听两个姐姐说，他晚年倒会生点小气。

父母结婚五十年，绝对相敬如宾。这样的家庭氛围本身就是，对子女最好的教育，更是给予子女的无价之宝！生活在这样的家庭，拥有的永远是快乐、温暖、幸福！

有子曰："礼之用，和为贵。先王之道，斯为美，小大由之。有所不行，知和而和，不以礼节之，亦不可行也。"

有子曰："信近于义，言可复也。恭近于礼，远耻辱也。因不失其亲，亦可宗也。"

十五、三国演义

小时候,《三国演义》的连环画小人书很流行,如《马跃檀溪》《长坂坡》等共四十多册。我和弟弟太喜欢这套书了,经常在家附近的上海宿舍转角处一小书摊上看,记得看一本书需要花二分钱。当父亲知道我们如此喜欢时,他说要帮我们买一套。这让我们感到惊讶与兴奋。

我不记得父亲是否买了这套书,但记得他的话。他的话温暖了我们。我们兄弟俩也知道,要购买全套比较困难,因为是陆续出版,散卖的。然而九十年代中期,我去北京琉璃厂时,无意中买到了全套。

十六、画画

我七八岁时，有一段时间喜欢画画，尤其是喜欢画马。一天晚上，和父母一起准备睡觉，记得我打地铺，父亲说："学习画画很好，徐悲鸿就专门画马。"我根本不知道他说的人是谁，但知道他是在鼓励我，心里美滋滋的。

我几乎记得父亲对我的每次鼓励，每次都让我暖心。

十七、刻钢板

小学时，约十岁左右，可能是因为我的字写得好，父亲让我刻钢板。这份临时工作，是用铁笔在置于钢板上的腊纸上写字，誊抄他写的剧本，之后据此油印出来，供戏剧团演出排练用。这样我可以赚钱。记得写一页蜡纸可得几分钱，但誊抄要很认真，用力较大，写错了很麻烦，要用火烤，且一写就是两三个小时。

现在刻钢板已绝迹了，但父亲让我刻钢板这件事，给我无限的鼓励。回想起来，他在锻炼我，没把我当小孩。

十八、去武汉

我七岁、弟弟五岁时，父亲带我们去武汉。记得坐火车前，他专门找来两块布，用毛笔工整地写上家庭地址“桂林市解放西路六十五号”，记得还是竖着写的，然后让母亲缝在我们的衣服里面，防止走丢。我们乘坐的是半夜的六次特快列车，母亲和舅舅一起送我们去火车站。

在武汉我们住在亲戚家。当晚弟弟不停地哭，喊闹着要妈妈，我只记得父亲没有呵斥，其他的都不记得了。

记忆中这次似乎是唯一的一次父子三人旅行。他带两个儿子回老家，应该很自豪。

回想起这一点一滴，感受到是父亲的仁爱，当时他才四十来岁。下面是父亲与我和弟弟在武汉时的一张一寸照片，比较模糊，背景是长江大桥，他戴着鸭舌帽，左手搭在我肩，右手搂着弟弟，蹲坐着。

十九、评价书法

小时候，一次父亲与朋友在他三楼的书房里谈论书法。他指着墙上毛主席书法中的“翻”字，解释如何写得好。他说，这“翻”字上面的一点偏右，让整个字平衡了，若正常写会一边重一边轻。

我清楚地记得父亲的这番话，我就在他旁边。这是记忆中第一次听他评价书法。

二十、麻将

小时候，家里有一副很漂亮的麻将，我和弟弟常常把它当作积木来玩，我们会搭建碉堡、桥梁等，但我们未曾见父母玩过。父亲晚年倒是挺喜欢打麻将，因为热闹。

现在想来，父亲年轻时不玩麻将，一方面是因为当时的年代，另一方面不想浪费宝贵的时间。

廿一、安全

以前，我们家住在三楼，父亲亲自动手在临巷的窗上安装栏杆，为我们的安全提供了充分的保护。现在想来，父亲真是非常用心。

那时，父亲总提醒我们注意安全，如过马路时，他一定会牵着我们的手，不让我们拿着笔跑步、不让我们去人多的地方、不让我们玩尖锐的东西，不让我们玩危险的游戏，等等。

在父亲的心中，安全永远是第一位的。他常说："安全第一""不跑、不跑"。他说的话，回想起来，还有些湖北口音。

廿二、谨慎

读中学时，我记得有一次父亲对我说，要学习诸葛亮，学习他的谨慎和遇事沉着冷静的态度。

现在回想起来，我深感父亲说得太对了。父亲一辈子身体力行，谨慎是他的行事原则。

廿三、手工

七十年代，父亲曾请人制作了一高斗衣柜，约一米见方，近二米高，漆成深棕色。他亲自制作了一个商标并把它钉在衣柜门上方中央。商标采用白底塑料，上贴黑色塑料汉语拼音字母——“JIANPU”，即“简朴”的拼音。

我还记得父亲自制的卷烟器，高效实用，常听他向朋友介绍。那时我常跟他出门买烟叶，然后看着卖家将其切成烟丝，回家后他用卷烟器快速制成一盒盒香烟。

父亲从小就喜欢做手工，所以他的手工活精巧别致，如用废牙刷制作蚊帐钩等。

从这些可以体会到父亲的灵气，体会到他质朴的美学观。

我记得父亲书桌的一个抽屉里放着很多拆散的打火机，基本都不能用，估计质量不好。现在我和弟弟喜欢收藏打火机，也可能是遗传。

廿四、脚步声

小时候，我的家在一栋旧房屋的二楼和三楼，楼梯是木制的。三楼是父亲的书房和卧室。我和弟弟经常在他书房里玩耍，每次听到他上楼的脚步声及清嗓子声，我们会立刻变得紧张起来，因为很怕他。后来我们搬家住进了平层，就再也没有听到这样的脚步声了。

父亲的脚步声是那么与众不同，那么沉着，感觉他是一步一个脚印地在走。他的脚步声，我记得一辈子，这这是父亲的声音。

现在回想起来，我小时很怕父亲。但实际上，他对子女极度和蔼，从未打骂喝斥，总会满足我们提的任何要求，当然我们也不敢向他提什么要求。但为什么会怕呢？可能是他的威严吧。母亲常与我们戏说他是老虎，常说“老虎回来了”。

子曰：“君子不重则不威。”

“子温而厉，威而不猛，恭而安。”

子夏曰：“君子有三变：望之俨然，即之也温，听其言也厉。”

乙、八十年代

廿五、鸿门宴

约八十年代初，父亲受邀去朋友家吃晚饭，我一同前往。我们边吃边看电视，父亲戏言这是一场鸿门宴。我当时想“鸿门宴”是什么呢？

那时电视机还很罕见，后来我们家也买了，只有在周六晚上我和弟弟才能看，一般看《加里森敢死队》等节目，父亲除了新闻和戏剧之外也较少看。

父亲说的一些话，让我望其项背。有时听他与人谈论文章诗词，一旁的我都感觉收获颇多。

颜渊喟然叹曰：“仰之弥高，钻之弥坚。瞻之在前，忽焉在后。”

父亲常说，某人写的东西“很文”。他曾委托家乡一位读了几年私塾的儿时伙伴为他母亲的坟墓立碑，父亲就说他伙伴写的碑文“很文”。

碑两边的对联是：

劳辟教言称荻画，祀存继绪报春晖

碑文是：

哀哀慈母，恩厚德馨　　习娴内则，书画诗文
尊长爱幼，情礼热忱　　父兄早故，茹苦含辛
灯前针凿，课子更深　　念儿远迹，依闾依门
劬劳尽悴，未享康宁　　流芳梓里，懿范长存

廿六、顶嘴

约初中时，我一次考试没有考好，父亲问我原因。记忆中他很少过问我的学习。可能是青春期逆反，当时我回答“就是没考好”或类似的话，他听后似乎有点生气。这是我人生中唯一一次与他顶嘴。

二〇〇五年陪父母去日本，路过香港，在一家酒店吃自助晚餐。记得父亲说了几句话，我有点生气。这是我人生中唯一一次生他的气。

现在回想起来，我与父亲的交往有些特别，我们之间从来没有开过玩笑，他总是那么严肃认真，我这辈子都不敢在他面前乱说一句话，总是一本正经、规矩恭敬。

子夏曰：“贤贤易色。事父母，能竭其力。”

子曰：“生，事之以礼。”

廿七、读书

小时曾听父亲与人谈他的读书历程。他说，他在大学热衷于看苏联及西方名著，但后来就只看中国古文了。

那时我也不明白父亲的意思，现在算是明白了。看到一些人高谈当代文化，但不熟悉中国传统文化，感觉好笑。

胡适年轻时留学美国，后提倡新文化运动。他对中国传统的东西懂得一般，汉代之前的书籍估计也就看得懂六七分。他年轻时写现代诗，听说六十岁后就只写旧体诗了。年轻时抒发下情感，但除了情感之外还有文化传承呀，这是现代诗做不到的。

不知道“本”是什么，就没上道，更不会生。不了解传统文化，就不能谈传承，更不能谈创新。

子曰：“君子务本，本立而道生。”

廿八、待客

每当家里有访客时，父亲常叫我在一旁作陪。他喜欢向客人介绍他的子女。虽然这种事似乎不多，但印象挺深刻。

父亲每次都要我们为客人沏茶倒水，他对客人问寒问暖，有礼有节，吃饭时间一定诚恳留请。

父亲晚年常住在广州和深圳，朋友从外地来访，他都会仔细安排，有时他要我出面宴请，如安排吃乳鸽等。记得每当送走客人后，他常说："唉，松了口气。"

父亲的待客之道真是值得学习，不骄不矜不卑不亢、认认真真诚诚恳恳。这正如父亲二〇〇七年写的一首五律《中秋候友》，如下。

中秋候友（五律）

投老亦舒怀，骚人任往来。
登坡望远路，临渡换新排。
七夕邀诤友，中秋饮月台。
期宾茶酒置，虚席独徘徊。

子曰："贫而无谄，富而无骄。""与朋友交而不信乎？""与朋友交，言而有信。"

子曰："君子泰而不骄，小人骄而不泰。"

子曰："有君子之道四焉：其行已也恭，其事上也敬，其养民也惠，其使民也义。"

廿九、唯物主义

我常听父亲说他是一个唯物主义者，不信鬼神，从没听他说鬼怪或迷信。蒲松龄的《聊斋》他倒常提起，干宝的《搜神记》他也常看，但仅是从文学的角度。

晚年时，父亲告诉母亲，小时候算命先生看过他的八字，说他这辈子与官场只是沾个边。

“子不语：怪、力、乱、神。”

季路问事鬼神。子曰：“未能事人，焉能事鬼？”曰：“敢问死。”曰：“未知生，焉知死？”

三十、学日语

八十年代初改革开放的春风吹来，桂林的外国游客越来越多，尤其是日本人。父亲在朋友的介绍下对日语有了一点兴趣，制作了一些学习卡片，似乎想学，那时他已年过半百。

这些场景我印象深刻，日语中“平假名”和“片假名”这两个单词，我就是那时知道的。同时，日语圆音的五种发音，也是听父亲说的，我都还记得他的声音。

子曰：“加我数年，五十以学《易》，可以无大过矣。”

三一、出国

八十年代，父亲任市文化局局长。记得有一次，父亲计划去日本，出发当天临时取消了。那是夏天的一个下午，我放学回家看到他侧躺在凉席上，感觉他不太开心。

那个年代出国是一件大事。后来，父亲成行回家后，津津乐道，毕竟是平生第一次出国。记得他说，日本比我们至少先进三十年，干干净净，半个月都不用擦皮鞋。

父亲再去日本是二十年之后了。在父亲晚年，我曾六次陪他出国，他都非常高兴。

第一次是二〇〇一年秋，去了俄罗斯、德国、法国、意大利；第二次是二〇〇四年春，去了马尔代夫、迪拜；第三次是二〇〇四年秋，坐邮轮去了新加坡；第四次是二〇〇五年晚秋，去了日本；第五次是二〇〇六年秋，去了德国、英国、西班牙；第六次是二〇〇八年晚秋，去了美国东西海岸。

记得一次在意大利的乡村酒店，我与父母同住一个房间。我对父母说，时光倒回三十年，我们三人还是住一个房间，那时年轻的父母带着小宝宝。

子曰：“父母在，不远游，游必有方。”

父亲第一次出访日本时拍的照片。

出访时别人常请他写字。

三二、刻章赚钱

七十年代末八十年代初，父亲应市外办邀请，为一美国来访代表团刻印章，约三十枚，赚了七十多元，在当时这不是一笔小数目。记得那天中午，吃完饭后，他急匆匆上楼，说要“赶刻图章”。

那时外国游客越来越多，一些人写字画画，通过画店或工艺品店出售，尤其是卖给日本游客，赚不少钱。

父亲始终没有加入这一卖字画行列。想来他是有压力的，因为有钱不赚。

子曰：“富与贵，是人之所欲也。不以其道得之，不处也。贫与贱，是人之所恶也。不以其道得之，不去也。君子去仁，恶乎成名？君子无终食之间违仁，造次必于是，颠沛必于是。”

子曰：“未若贫而乐，富而好礼者也。”

子曰：“君子固穷，小人穷斯滥矣。”

子曰：“君子谋道不谋食。耕也，馁在其中矣。学也，禄在其中矣。君子忧道不忧贫。”

三三、篆刻

父亲爱好篆刻，刻了一辈子的印。可以说，我是看着他刻印长大的。

现在保留的父亲最早刻的印是一九五五年刻的，那时他才二十四岁。

刘克嘉

父亲有整套的篆刻工具，刻刀是请冶金设计院的朋友用特别材料做的，他说是“硬质合金钢”，因为有些石头太硬，一般的刀会刻坏。印泥是他买回成品印泥后，自己仔细加工制成的，如把多余印油吸出来等。印垫是橡胶的，修剪得整整齐齐。

父亲去世那年的春节，身体稍有好转，他特意为我刻了七方印。除五方我的个人名章外，还有“锲而不舍”“学而不厌”两方励志章。

我不知道父亲为何刻这两方励志章，但是我非常喜欢它们，它们成了我一生的座右铭。

《诗经》云：“如切如磋，如琢如磨。”

子曰：“默而识之，学而不厌。”

锲而不舍

学而不厌

这是父亲篆刻时的照片，摄于一九九五年三月二十二日。

三四、榕湖边

约一九八四、一九八五年，父亲每天骑自行车去文化局上班。我和弟弟放学后，有时会在榕湖边玩耍，经常可以远远地看到他下班后与同事推着自行车，边走边讲话，走走停停。

父亲站着、走着与同事说话的一幕历历在前。不知道他与人谈的是什么，感觉要么是工作，要么是文学，记得有时时间还很长。总之，他是那么耐心、认真。

后来，家里为二姐也买了一部自行车，我和弟弟放学后一有机会就一起骑着两部车上街溜达。

子曰："诲人不倦，何有于我哉？"

子曰："君子易事而难说也。说之不以道，不说也，及其使人也，器之。小人难事而易说也。说之虽不以道，说也，及其使人也，求备焉。"

三五、饮食

父亲说，有一次，别人教他吃果子狸，要先吃一口果子狸肉，再喝一杯高度白酒。当然他是绝对不会吃的。

父亲对吃极度讲究，他这辈子除了鸡肉、瘦猪肉、猪肝、鱼肉，不吃其他任何肉，猪杂、鸡杂等下水更是不可能，且总是吃饭吃七分饱。我小的时候几乎没怎么吃过牛羊肉。

现在想来，父亲很对。

子曰："君子食无求饱，居无求安，敏于事而慎于言，就有道而正焉，可谓好学也已。"

《论语·乡党》云："食不厌精，脍不厌细。食饐而餲，鱼馁而肉败，不食；色恶不食；臭恶，不食；失饪，不食；不时不食；割不正不食；不得其酱，不食。肉虽多，不使胜食气。唯酒无量，不及乱。沽酒市脯，不食。不撤姜食，不多食。"

三六、喝酒

父亲任文化局局长后，有时应酬会喝很多酒，但都很高兴，从未见他酒后失态、胡言乱语。

父亲晚年很少喝酒，一般只在过年过节喝一点点。约2008年初，一次我请三位日本朋友到他别墅作客，作为主人他热情招呼，席间喝了不少。

父亲常告诉我："新新，少喝点酒。"回想起来，他完全遵守祖彝宗训。

我这辈子很大的遗憾是没有认真地陪父亲喝杯酒。

《尚书·酒诰》云："饮惟祀，德将无醉。"

《论语·乡党》云："唯酒无量，不及乱。"

三七、怕麻烦别人

父亲总怕麻烦别人，印象中他从未曾串门、送礼、拉关系。我记得他几乎没到隔壁邻居屋里坐下过，如果一定要去别人家，总因有事，且时间很短，绝不闲扯，真正的“无事不登三宝殿”。他总是说：“不要麻烦别人。”

子曰：“君子求诸己，小人求诸人。”

子贡曰：“我不欲人之加诸我也，吾亦欲无加诸人。”

三八、交友

回想起来，父亲的朋友不多，也没什么死党，来往较多的主要是年轻时一起写文章、写书、写剧本的文友，以及打了几十年桥牌的牌友和晚年相互唱和的诗友。

同时，父亲也有一些农民朋友。一些以前他在五七干校时认识的农民朋友常在过年过节来到家里看他，给他带年货，如年糕、糍粑、油豆腐等。他总是热情招待，聊天、喝茶、留吃饭。

子曰：“君子不重则不威，学则不固。主忠信，无友不如己者。过则勿惮改。”

子曰：“君子矜而不争，群而不党。”“益者三友，损者三友。友直，友谅，友多闻，益矣。友便辟，友善柔，友便佞，损矣。”

子夏曰：“君子何患乎无兄弟也?”

子曰：“不患无位，患所以立。不患莫己知，求为可知也。”

曾子曰：“君子以文会友，以友辅仁。”

子曰：“道不同，不相为谋。”

三九、高考

一九八六年，我考大学的成绩与预期差距较大。父亲一点都没有生气，他专门写信安慰鼓励我。我当时正作为市航模队的队员在南宁武鸣参加比赛。

再看当初的信件，父亲教诲字字珠玑，他的劝喻是那么积极正面。

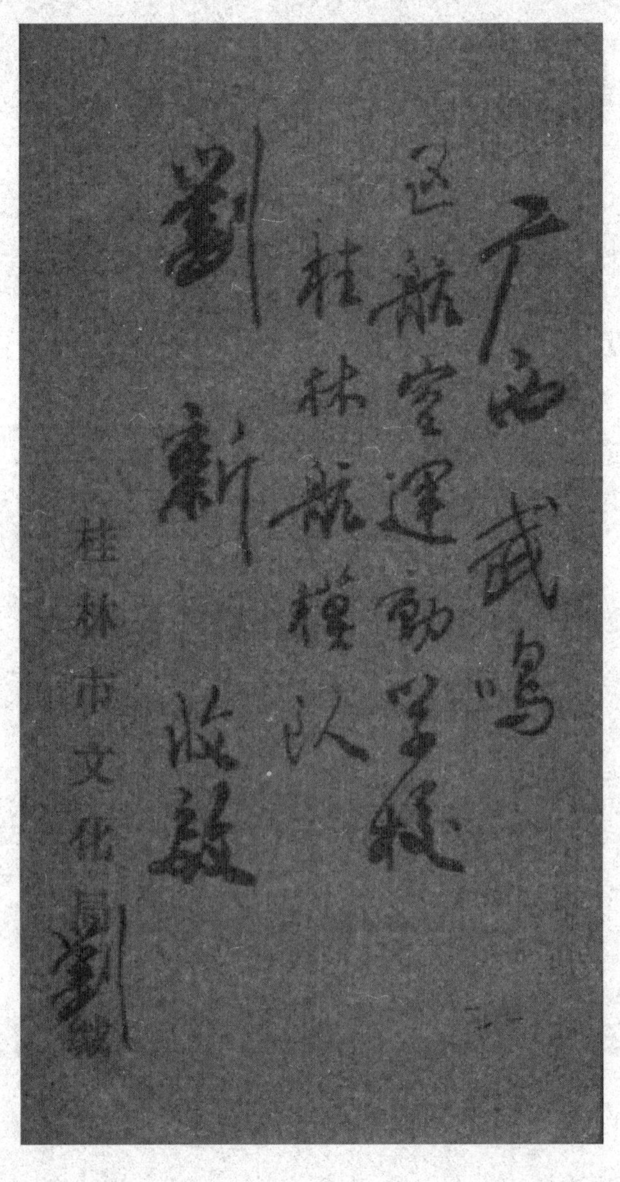

父亲信件手迹如下：

桂林戏曲学校稿纸

新宪：

你的来信收到了，知道你在那里一切都好，家里的人都很放心。

高考成绩已得到了，你总的来看考得还好，总分569分，只是政治考差了，各科分数开列如下：

政治 59

语文 88

数学 105

物理 84

化学 85

外语 92

生物 56

从上列成绩来看原估分的误差主要是在政治这科上。数理化外语这些科都考得好。对估

20×15=300　　第　页

桂林戏曲学校稿纸

分的很差也勿计较。这种情况非只你一人，而是多数人都是如此。你姓张的同学原估约600分，而实际只得555，只数学比你多1分外，其它如物理、化学等都比你少。对于这次考试你可以总结教训，对以后的学习要引起注意。如政治为什么没有学好，要查找起来。但对这次的考试成绩丝毫不用气馁。至于考上什么大学，暂不去考虑它。从实际上来说，读大学不一定靠名牌，更主要的是靠自己的努力。以我所见，许多毕业于名牌大学的人在做事业方面还比不上一般大学毕业的人。学校好固然在学习上提供好的条件，但也非绝对的。想做科学是好的，但更为重要的是要扎扎实实地干。因为任何一位科学家都必然是实干家，科学上的成就是靠干出来的，而决非想来的。我认为这

20×15=300　　第　页

桂林戏曲学校稿纸

些，是希望你在看问题的方法上是辩证的。正确的思想方法是指导事业获得成功的关键。切记，切记！万不可固执一端，顽而不化，要能实事求是，灵机应变。你得了569分，在我看来是好成绩。同几千几万考生来比较就是如此。关于考试及上学问题我就只谈这些。

妈妈于八月一日清晨二时许同詹老师及蒙山县中一位同学一起三人乘坐六次特快（硬卧）先到郑州，然后转车到西安，打算在西安参观一下古迹，再赴兰州。会议规定是九号报到，会议一星期，估计她可能在二十多号回来。她这次去兰州参加比赛，很有好处，可增长许多见识，特别是要让她从比赛中体会到强中更有强中手，这样有利于防止骄傲和鼓励科学上的钻研。她在兰州要去看姑奶，姑爷姑妈。这次她

20×15=300　　第　页

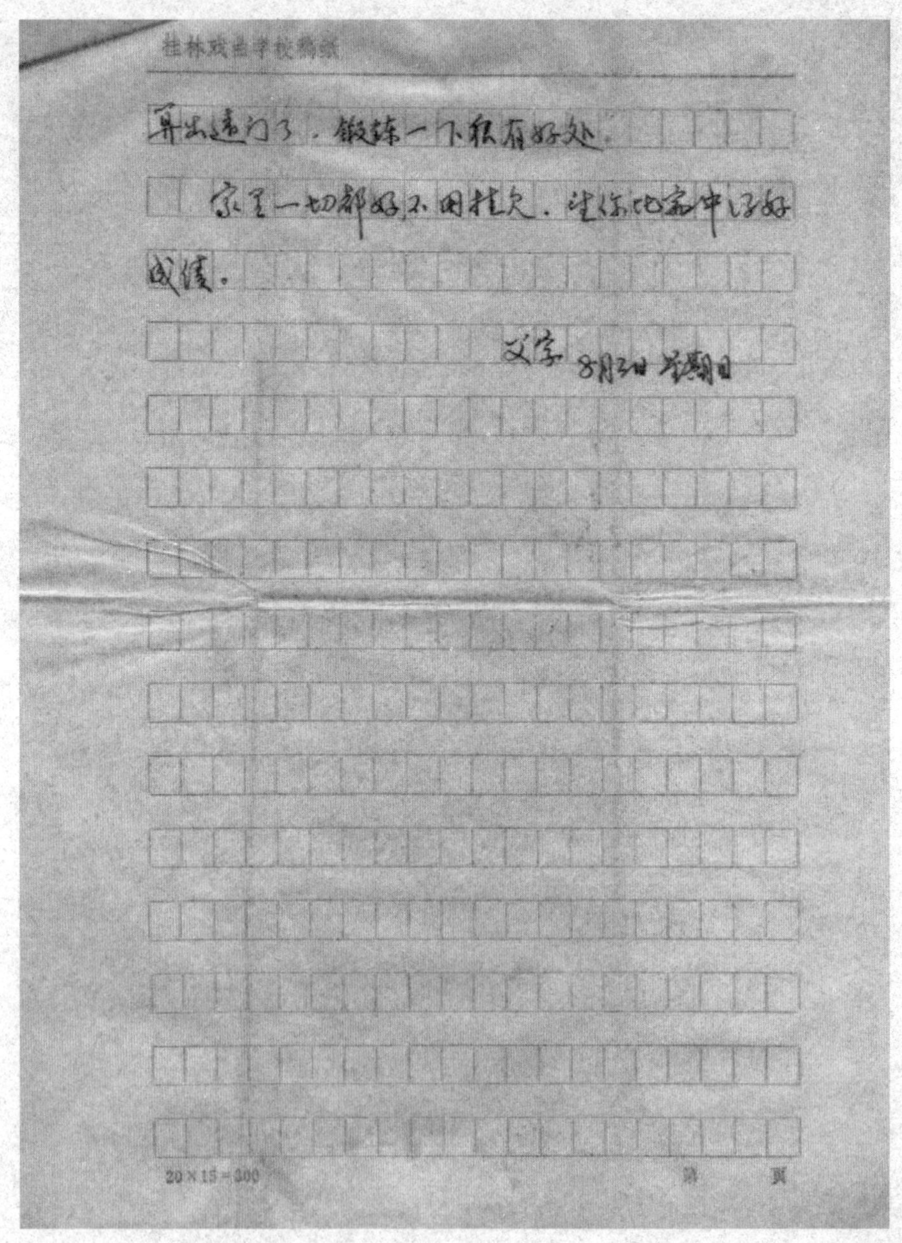
桂林戏曲学校稿纸

算出远门了，锻炼一下很有好处。

家里一切都好不用挂欠，望你在家中得好成绩。

父字 8月3日 星期日

20×15=300 第 页

新儿：

你的来信收到了，知道你在那里一切都好，家里的人都很放心。

高考成绩已得到了，你总的来看考得还好，总分569分，只是政治考差了，各科分数开列如下：

政治 59　　语文 88

数学 105　　物理 84

化学 85　　外语 92

生物 56

从上列成绩来看原估分的误差主要是在政治这科上。数理化外语这些科都考得好。对估分的误差切勿计较，这种情况非只你一人，而是多数人都是如此。你姓张的同学原估约600分，而实际只得555分，只数学比你多1分外，其他如物理、化学等都比你少。对于这次考试你可以总结教训，对以后的学习要引起注意。如政治为什么没有学好，要重视起来。但对这次的考试成绩丝毫不用气馁。至于究竟上什么大学，暂不去考虑它。从实际上来说，读大学不一定靠名牌，更主要的是靠自己的努力。以我所见，许多毕业于名牌大学的人在做事业方面还比不上一般大学毕业的人。学校好固然在学习上提供好的条件，但也非绝对的。想做科学是好的，但更为重要的是要扎扎实实地干。因为任何一位科学家都必须是实干家，科学上的成就是靠干出来的，而决非想来的。我说这些，是希望你在看问题的方法上是辨证的。正确的思想方法是指导事业获得成功的关键，切记、切记！万不可固执一端，顽而不化，要能实事求是，灵机应变。你得了569分，在我看来是好成绩，同几千几万考生来比较就是如此。关于考试及上学问题我就只说这些。

均均于八月一日凌晨二时许同唐老师及蒙山县中一位同学一起三人乘六次特快（硬卧）先到郑州，然后转车到西安，拟在西安参观一下古迹，再赴兰州，会议规定九号报到，会议一星期，估计他可能在二十多号回来。他这次去兰州参加比赛，很有好处，可增长许多见识，特别是要让他从比赛中体会到强中更有强中手，这样有利于防止骄傲和鼓励科学上的钻劲。他在兰州要去看姑奶、姑爹姑妈。这次他算出远门了，锻炼一下很有好处。

家里一切都好，不用挂欠，望你比赛中得好成绩。

父字

8月3日星期日

四十、去成都

父亲在文联工作时，约一九八七年到四川出差，其间抽空到学校看我。我当时在成都科技大学读书。

见到父亲我非常兴奋，当时的感觉真是难以言表。他也很高兴，说了一些勉励的话。现在已记不得见面的细节了，记得的是那种感觉。这是父子间特有的感觉吧。

这是我大学期间父亲仅有的一次来成都。

四一、坐飞机

有一年冬天，寒假结束将要返校时我生病了，在家休息了几天。父母于是帮我买了飞机票回成都，因为坐火车会迟到。这是我人生中第一次坐飞机，非常激动。记得父亲说，你以后有的是机会坐飞机。

是的，父亲说得很对。现在飞来飞去，有时想起苏东坡的诗，觉得还是有点意思：“人生到处知何似，应似飞鸿踏雪泥。”

四二、读书卡片

小时候，总看父亲在写卡片，逐渐明白是在写读书心得、索引等。他为此还托人印制了卡片笺。他说，做学问要严谨，写卡片方便以后查找，以后用得着。

大学期间，我模仿父亲，也用了很多卡片做学习笔记，现在都不知道丢哪儿了。

父亲对待学问的态度非常值得学习，他总是说：“知之为知之，不知为不知。”“要不耻下问，打破砂锅问到底。”

子曰：“温故而知新，可以为师矣。”

子曰：“学而不思则罔，思而不学则殆。”

子曰：“由！诲女知之乎！知之为知之，不知为不知，是知也。”

类别：　　编号：

问题：

著作名称：

作者：　　译者：

著时：　　出版：

第　册第　卷第　——　页

第　页

四三、生活费

小时候，记得父亲常给他在兰州的姑妈寄钱，不多，也就是五元、十元的。

我读大学时，第一个月收到父亲寄的三十元生活费，第二个月四十元，后来达到六七十元。毕业时，为了托运行李，他寄了一百二十元。他总是准时寄钱，母亲说他领到工资的第一件事就是到邮局给我和弟弟寄钱，办完才回家。

卌四、教我们成家立业

小时候，父亲几乎不管我们的学习，主要是母亲管。母亲曾告诉我，父亲与她说，等我们成年了再教我们怎么成家立业，要“先立业再成家”。记得母亲对我说这话时，是大学的暑假期间，我们在回家路上，那会儿刚到太平路的家楼下。

实际上，父亲并没有具体教我们某一门技术或学问，但他一辈子都在教，他的品德、精神、行为、态度都是我们学习的榜样。这应该是最好的教育吧。

二〇一八年中，母亲曾与我说：“你小时有次考试考不好，你父亲说‘把成绩单贴在床头，天天看’，你记得吗?”

母亲这样说，我真就想起来了，这应该是小学时候的事。

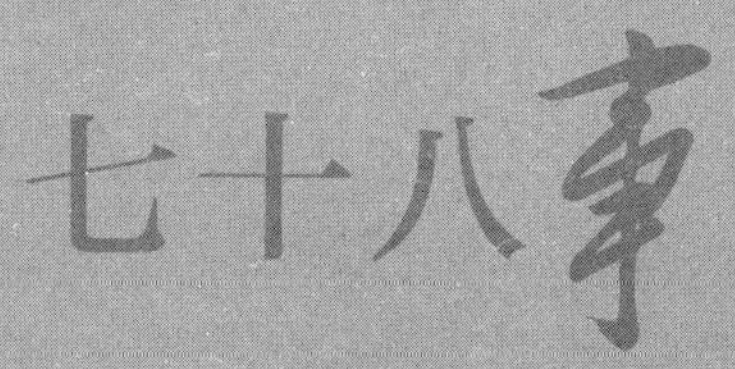

丙、九十年代

四五、毕业分配

一九九〇年，我大学毕业前要找工作，为此给父亲写过几封信，想让他帮忙。

父亲回信的内容我大概记得，但信找不到了。他在信中详细地告诉我找广西主管教育的李振潜副主席的经过，说李副主席答应帮忙。好像父亲还因此为他刻了两方名章。

现在回想起来，我真是让父亲操碎了心。

四六、六十大寿

父亲六十大寿，在桂林榕湖边一餐厅设宴，参加人员皆为好友、学生和亲人。我却迟到了，他还到餐厅门口等我。

现在回想起来，那时我已大学毕业，对于父亲这么重要的日子，身为长子竟没有用心对待，实在愧疚。可惜也没找到当时的照片。

父母对子女的爱永远是无私的，不养儿不知父母恩。父母都记得子女的生日，而子女却很少记得。

子曰："父母之年，不可不知也。一则以喜，一则以惧。"

四七、学明史

有一次，我听父亲与朋友聊天，其间聊他们到一个人，名字已不记得了，父亲就讲了一个故事。他说，这人在北京大学师从一次深教授，毕业时他问教授以后研究什么好。教授回答说，别的都不要研究，就研究二十四史中的明史吧。

父亲故事的意思是做学问要深入，要做扎实，不能蜻蜓点水，不能贪大求全。

子曰："古之学者为己，今之学者为人。"

子曰："南人有言曰：'人而无恒，不可以作巫医。'善夫。""不恒其德，或承之羞。"

子曰："譬如为山，未成一篑，止，吾止也。譬如平地，虽覆一篑，进，吾往也。"

卌八、愤然

有一次，一人当面送给父亲两包烟，送给在场的每一位领导两条烟。父亲回家后很是生气，骂这人是小人。这是少有的一次听他这样生气地背后骂人。

子曰：“巧言令色，鲜矣仁。”

子曰：“君子怀德，小人怀土。君子怀刑，小人怀惠。”

子曰：“君子喻于义，小人喻于利。”

卌九、做老师

父亲大学毕业后的第一份工作是在桂林中学做语文教师，所以喜欢教书。记得他常与母亲说："想去西北师大教中文。"退休后，他被湖南九嶷文理学院聘去教了一段时间的书，尽管条件不好，但也很认真、很开心。估计他终生的遗憾就是没成为大学教授。

在深圳时，有一次与父亲坐在车上，经过一书法学院，他说他可去那里教书法。

这是父亲讲课时的照片。

五十、取名

约一九九四年，我为自己取了字，即“易之”。一次朋友打家里电话找“易之”，父亲接后告诉对方打错了。我当时在旁，告诉父亲“易之”是我自己取的字。他听后说，这字取得好，“易之为新”。后来，父亲为姐弟都取了字，同时还用族谱辈分中的“昌”字，取了族名。

这是父亲写在一张卡片上的子女名字。

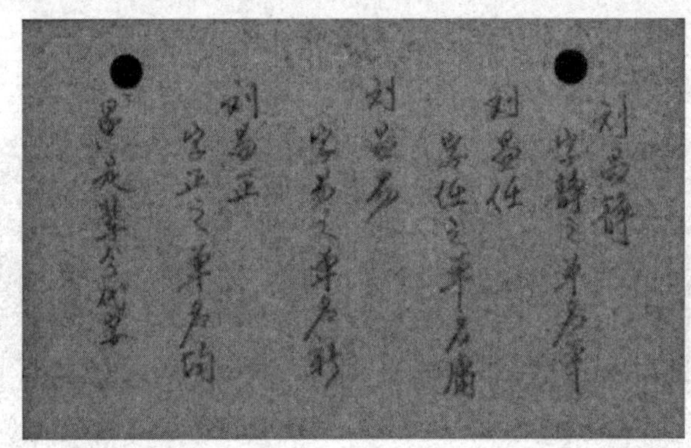

二〇〇二年，我的长子将要出生，欲取一名。一日，我与父亲在家翻阅《道德经》，翻至一页见“敦兮其若朴”句。他说，这个好，单名敦，名子厚，字若朴。下句“旷兮其若谷”，他又说，再有就是单名旷，名子宽，字若谷。

这两个名字都很好，寓意深刻。敦厚朴实、胸怀宽广，都是父亲推崇的品德。

后来我的二儿子出生，父亲取单名刚，名子健，字若乾，取《易经》乾卦“天行健”之意。再后来我的女儿出生时，父亲已去世。遵从他的规则，我取单名明，名子诚，字若善，取自《大学》中“由诚而明，由明而诚”“在止于至善”。

“文化大革命”初期，为了给我取名“新”，父亲受了不少委屈。听母亲说，我出生时他不在母亲身边，在五七干校。我出生后，他取名“刘新”，别人要他交待为什么要“留心”，什么事情要“留心”。

二〇一八年我生日时，母亲发微信告诉我：“你出生后，全家高兴极了，尤其是爸爸，刘家后继有人了。”

五一、交警

一次在广州，父亲乘坐的小汽车走错了路，被交警拦下，交警欲扣他的驾驶证。他下车与交警解释，说是外地来的不了解规则，马上要回去，若扣驾照就太麻烦了。没想到那交警说：“那你们坐飞机来领证吧。”

当时不是什么大的违规，父亲诚恳道歉，希望谅解，但交警的回答真让他生气，气得够呛。他为此常提起。

父亲是通情达理的人，他总是告诉我：“算了，不要争了。”

子曰：“礼之用，和为贵。”

有子曰：“信近于义，言可复也。恭近于礼，远耻辱也。因不失其亲，亦可宗也。”

五二、谈诗词

约二〇〇五年，记得父亲两次与我和弟弟谈他写的两首诗，一是《送别同窗王锐夫妇》，一是《乙酉年过韶关遇堵车》。他详细解释，如“谷狭藏平地，山高蔽远天”这句对仗特别工整。还记得他读“青山无碍望行踪”这句时抑扬顿挫的音容。

记得谈论《乙酉春初过韶关阻车》这首诗时，是在弟弟家里午饭之后，坐在一旁的母亲说：“你爸爸谈诗时特别高兴。”

父亲手迹如右。

送别同窗王锐夫婦

相逢如梦别匆々　酒暖不寒杨柳风

莫问長亭何处是　青山无碍望行踪

送别同窗王锐夫妇

相逢如梦别匆匆

酒暖不寒杨柳风

莫问长亭何处是

青山无碍望行踪

乙酉春初过韶关阻车（五律）
日暮进韶州车多阻不前冰凌挂树白夜雾透光寒
谷狭藏平地山高蔽远天羁途逢画境惜未学荆关

乙酉春初过韶关阻车（五律）
日暮进韶州，车多阻不前。
冰凌挂树白，夜雾透光寒。
谷狭藏平地，山高蔽远天。
羁途逢画境，惜未学荆关。

父亲去世前的那年春天，他在医院病床上与我谈诗，说他中文系毕业，给剧团写剧本，结果演员说唱不出来，因为平仄不对，这才自学平仄。又说，前些日子看到一把扇子上的诗，不知谁写的，写得很好，随即掏出笔记本读了起来。

当时我没听说过这首诗，也没想到上网查，故没有回复父亲。后来才知道是唐代的张谓写的，诗名《和王征君湘中有怀》，现在还收录在小学生课本中。

父亲晚年特别喜欢写旧体诗，出门时随身带着《千首宋人绝句》，真是杜甫说的“晚节渐于诗律细”。

有天报纸介绍梨花体诗，父亲在旁批注：“如果这样，诗就不是诗了。”的确，什么梨花体、羊羔体，愚知蠢识，背祖弃宗。

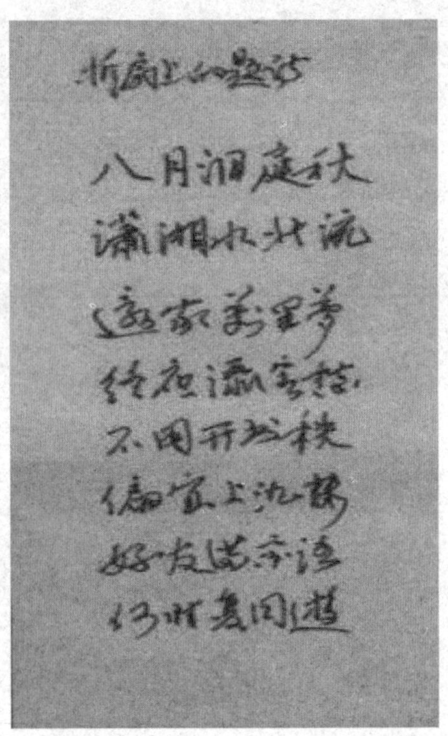

《千首宋人绝句》照片及手迹。

五三、将帅无能

记得一九九八年，父亲担任公司顾问，同事们都喜欢与他聊天。月度会议上，请他发言，他说了一些话，还说："将帅无能，累死三军。"场景历历在目。

父亲说得很对，他的话我铭记在心，凡事要想清楚，人无远虑，必有近忧。

子曰："必也临事而惧，好谋而成者也。"

五四、不孝有三

我结婚后，约二〇〇〇年，父亲曾谈到不孝，除无后为大外，他把不孝的其二、其三都解释了，一是不养父母，二是明知父母有错误却不指出。

子夏曰：“贤贤易色。事父母，能竭其力。”

五五、红场

二〇〇一年陪我父亲去俄罗斯，他很高兴。我们到了红场，参观了列宁的水晶棺，他说："这辈子都不敢想象能见到列宁的模样。"

当时我们住在莫斯科的Sovietsky酒店。晚饭后，父亲向服务员要热水，因年轻时学过一点俄语，他于是说俄文"史达缸"（即杯子），服务员拿来杯子，他改说"瓦特"（即水），对方才明白。这件事情他一直津津乐道。

子曰："我非生而知之者，好古，敏以求之者也。"

五六、去箱根

二〇〇五年，我陪父母去日本，到了箱根。在箱根神社石阶脚下，看到远处的太阳旗，父亲说，害怕看到这旗，小时候躲日本，看见就怕。

同行的日本经理送我《武士道》一书。我简单看了该书目录后与父亲说他们同样有仁义礼智信，但把勇排在仁之后，与中国不同。父亲说，我们古人也讲勇敢呀，如“朝闻道，夕死可矣”。

在京都，他坐在日本人拉的人力车上，与母亲一起，非常高兴，还专门拍了照片。

下面是《武士道》一书封面及目录。

目次

五七、陪父亲返家乡

二〇〇六年清明后，我带着大儿子陪父母回父亲的湖北大冶老家，整个旅程父亲都很兴奋。在给他的母亲，即我的奶奶祭拜时，七十五岁的父亲带着我和我儿子一起跪在墓前磕头，非常激动。

我的爷爷在父亲六岁时就去世了，我的伯父，即父亲的哥哥也未成年，在父亲七岁时也去世了，从此奶奶把他拉扯大。奶奶是附近阳新县人，父亲常说他母亲很有文化，字写得很好，尤其是小楷。

父亲十七岁时离开家乡到武汉谋生，一年之后听说母亲去世了才匆忙返家。父亲去世后，他儿时朋友曾给我写信说，父亲一进家门见到母亲遗体后号啕大哭，伤心得在地上打滚。

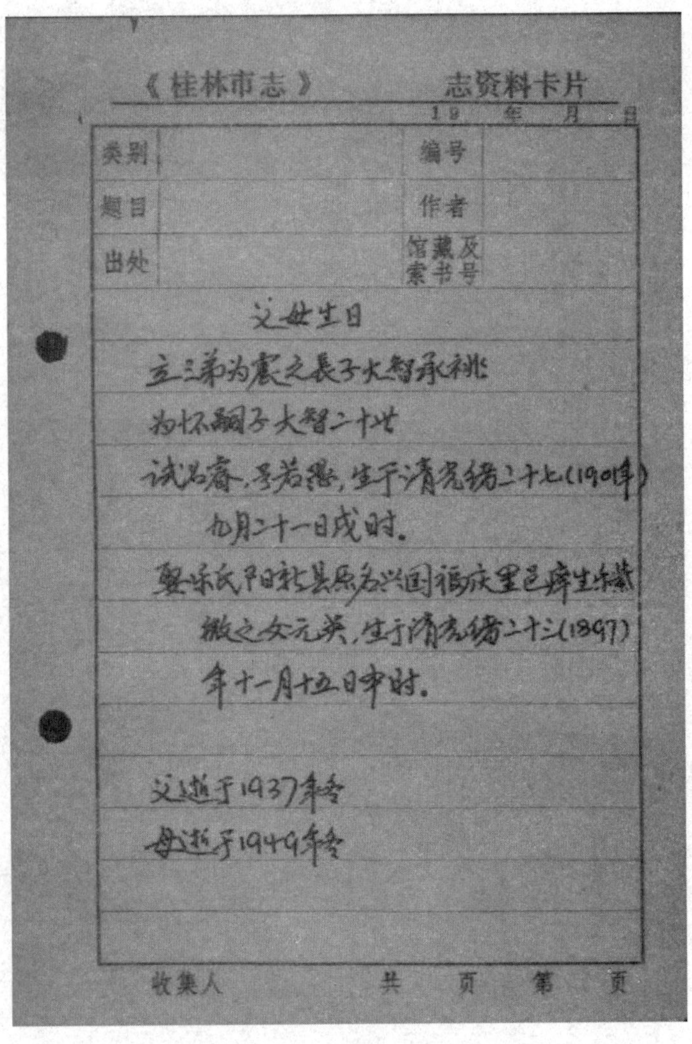

《桂林市志》　志资料卡片

19　年　月　日

类别		编号	
题目		作者	
出处		馆藏及索书号	

父母生日

立三弟为震之长子大智承祧

为怀嗣子大智二十世

讳名睿，号若愚，生于清光绪二十七(1901年)

九月二十一日戌时。

娶乐氏阳新县原名兴国福庆里邑庠生乐

徵之女元英，生于清光绪二十三(1897)

年十一月十五日申时。

父逝于1937年冬

母逝于1949年冬

收集人　共　页　第　页

我虽然没见过奶奶，但我想她很疼父亲，从父亲身上可以感觉到她的慈爱。

在奶奶的墓碑上，弟弟被过继到伯父名下。母亲说，父亲曾告诉她，奶奶跟他说过，如以后有几个儿子，给哥哥一个。这个嘱咐父亲记了一辈子。

右面是父亲在

一张卡片上记录的他父母的生世。

子曰：“孝悌也者，其为仁之本与！”

子曰：“君子之事上也，进思尽忠，退思补过，将顺其美，匡救其恶，故上下能相亲也。《诗》云：‘心乎爱矣，遐不谓矣。中心藏之，何日忘之。’”

二〇一九年初，经阳新县朋友帮忙获得族谱，上面记载奶奶曾有两个兄长，俱早故，无后人。

五八、送孙女留学

二〇〇六年夏，我陪父母一起送二姐的女儿去英国读书。在伦敦时，父亲有点激动地对孙女说，要好好学习，努力拼搏，开创自己的人生。我在一旁，感觉他言语之中，似乎是他自己离家上学，好像又回到几十年前他离开家乡独自奋斗的那一幕。

父亲的骨子里始终有一种积极向上的精神。

父亲的诗词观也是如此。他在《诗贵乎情》一文中写道："必须强调诗应当有健康、积极之情，明快爽朗的格调，避免消极、悲观，抑郁阴沉。尤其是那种悲观厌世，怨天尤人的情绪最不可入诗"。

"以积极的态度来对待，遭灾要重振，落难要不惧，失恋可重来，家破可重建等，这对别人有同样遭遇者就起鼓励和振奋的作用，有社会意义。"

五九、表扬

二〇〇八年春节后的一天，父亲来到我的办公室，看到茶几上我写的一幅字，内容是弟弟作的诗。他就告诉一旁的母亲，说我再练几年字就可成为大书法家，母亲之后告诉了我。后来我不经意地将该字送给了朋友，其后又特地另写一幅字换了回来。

父亲这句通过母亲转述的表扬让我非常开心。我已十多年没练习书法了，因为受到表扬，又开始了练习。

可能是遗传中国古人的含蓄、内敛吧，在我的记忆中，父亲很少当面表扬我。但他的赞许，从他的态度中可以感受到。

而且，父亲想表扬我时，很少直接说自己的心情，常说“你这样做你妈妈很高兴”。

六十、乔家大院

二〇〇年夏，家庭旅行共十多人去了山西、内蒙古等地，父亲很满意。

陪父亲游山西乔家大院时，经过一扇门，其上有二字，他看了半会儿，问我是否看懂其中一字，当时我也没看懂。可惜没有拍照，只记得另一字是“翠”。

父亲还说乔家大院没我们老家房子大，我们老家房子有戏台。他说，老家以前生意人多，村子二千多人有七十多户地主，很多大户人家，房子都是五进、七进，甚至有九进的，气派漂亮。

可惜这些旧房子全被拆了，一幢完整的都没留下来，我们祖屋仅剩下支撑大门柱子的大石墩。

父亲曾说老家宴席很讲究。他说，宴席规格主要看第一道菜，如果第一道菜是鱼翅汤，就是鱼翅席，是高级宴席；如果是黄花汤，就是黄花席，是普通宴席。他说小时最喜欢吃宴席，同朋友们一起玩，很快活。

在父亲的言谈中，家乡的一切都是那么美好。

六一、改航班

二〇〇八年十一月，我陪父母去美国。从洛杉矶飞到纽约，由于转机时间太紧，我们没赶上预定的航班，临时改了航班。

到纽约已是夜里，接机导游责怪我乱改航班，我挺生气。得知还要去另一机场接人后，我们直接坐出租车回到纽瓦克的酒店。父亲说："很好，节约了近一小时，可以早点休息。"他这一说，让我顿时开心了。

六二、普林斯顿

二〇〇八年去美国的头一天，母亲突然说不想去了，觉得会太累，反而父亲兴致很高，劝母亲去。

我们从加州到了东海岸，行至普林斯顿，父亲诧异其美奂美轮，他说："以后让你儿子到这里读书吧。"又说："真想到这里安度晚年。"

DATE:
NO.

赴美之行

2008.11.2上午8时半自凤凰城启程出发赴深圳，约10时到达。住福田中路福景大厦东十楼8号。晚乘巴车赴香港机场，当晚12时50分乘韩国飞机飞首尔。3日东京10时56分到首尔。首尔时间3日6时到首尔，11时自首尔起飞，12时半到东京。

六三、赌博

父亲一辈子未曾沾染赌博，并一再告诫我们不要沾染赌博，有时看见别人赌博他都生气。

父亲曾说，家乡被日本人占领时，一次国民党飞机空袭，警报响起，被日本人拉去帮工的当地人还在赌博，日本人直把那些人往马肚子底下塞。他说，以前农村里喜欢赌博。

二〇〇八年，地点拉斯维加斯。有一天晚餐时分，我因临时有事，未陪同父母用餐。在处理完手中事，回酒店的路上，同事打电话说父亲正在玩二十一点游戏。我很吃惊，到了现场见他聚精会神，认真下注，赢了则笑容满面。其实他是热闹下，他不了解游戏规则，算得不快，还是一旁的母亲算得快。

六四、晚餐后的步履

二〇〇八年美国旅行，一路上父亲都很高兴。有天与父母吃完晚饭，出来走在街上时，突然发现父亲的脚步似乎不太抬得起，于是问他有何不适，他说没有。当时我和母亲都感到吃惊。

回到酒店后，我与弟弟通电话，不知道为什么在电话里我竟然流了眼泪。可能感觉到父亲的身体不好，也可能感觉到父亲真的老了。

这次旅行回来后，父亲去医院体检，发现有肺癌。也不知道怎么回事，两年前的二〇〇六年，他还做了全面体检，没有任何问题。

叶公问孔子于子路，子路不对。子曰："女奚不曰：其为人也，发愤忘食，乐以忘忧，不知老之将至云尔。"

六五、活得满足了

二〇〇九年，在病床上，父亲说，我都七八十岁了，在老家，男人都是四十岁左右去世的，我活得满足了。

父亲去世后，我和大姐查看族谱，发现他说得对。我的爷爷就是三十多岁去世的，族中成年男性的寿命均不长，但都很有文化，根据族谱记载，祖上十六代近三百年来均为国学生。

子曰："吾十有五而志于学，三十而立，四十而不惑，五十而知天命，六十而耳顺，七十而从心所欲，不逾矩。"

六六、学习中医

父亲在世的最后阶段，西医说没有治疗价值也治不了。我们到处寻医，其间找了三位中医。一次在车上，行至深圳深南东路，我告诉父亲想学中医，学扶阳派。父亲说：“很好呀，但不能仅学一门派，要都学。”

父亲还说，小时家人曾要他背诵《药性赋》，也没背下来。后来母亲告诉我，以前也曾建议他学中医。

子曰：“由也！女闻六言六蔽矣乎？”对曰：“未也。”“居。吾语女。好仁不好学，其蔽也愚。好知不好学，其蔽也荡。好信不好学，其蔽也贼。好直不好学，其蔽也绞。好勇不好学，其蔽也乱。好刚不好学，其蔽也狂。”

子夏曰：“博学而笃志，切问而近思，仁在其中矣。”

六七、最后

父亲在世的最后几天，他让我拿《古文观止》给他看。

子曰："笃信好学，守死善道。"

父亲卧床的最后阶段，无法行走，但我都没有抱他到洗手间，没有与他同住一房。在深圳殡仪馆的追悼会后，也没有用肩手敬抬他的灵柩。

这些都让我终生自责。

《孝经·丧亲章》

子曰："孝子之丧亲也，哭不偯，礼无容，言不文，服美不安，闻乐不乐，食旨不甘，此哀戚之情也。三日而食，教民无以死伤生。毁不灭性，此圣人之政也。丧不过三年，示民有终也。为之棺椁衣衾而举之，陈其簠簋而哀戚之；擗踊哭泣，哀以送之；卜其宅兆，而安措之；为之宗庙，以鬼享之；春秋祭祀，以时思之。生事爱敬，死事哀戚，生民之本尽矣，死生之义备矣，孝子之事亲终矣。"

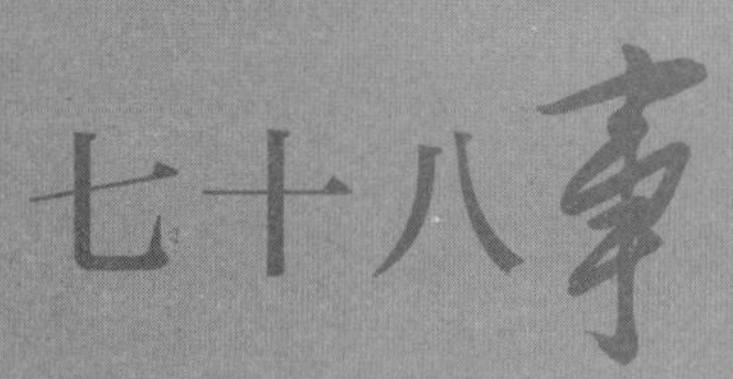

戊、性情

六八、诗集和印集

我经常听父亲说，等他退休后就要在家好好写书。实际上，从写剧本开始，他与人合作写了一些书，主要是诗词理论、风景散文类，如《桂林山水》《诗词格律与欣赏》《桂林诗词》《叠彩山》《山水也依依》《奇山异洞》等。

这是父亲与合作的两位好朋友的照片，左为余国琨、右为刘英，摄于二十世纪七十年代，桂林古南门。

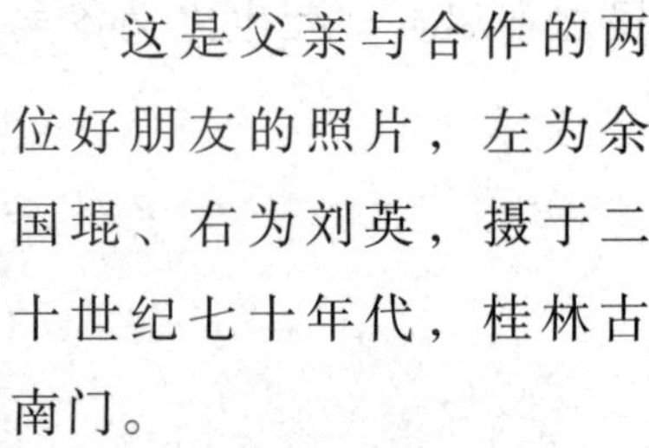

父亲晚年时，我想帮他整理他的诗集和篆刻作品。篆刻稿曾整理过一些，并打印出来，有些印章放大了。他看到后开心地说："印章放大了很好看呀。"

诗稿也整理过一些，父亲说他要自己整理，直到去世，他书房的书桌上，是好几大本他未整理完的遗稿。

父亲去世后，经过三年多的努力，我们整理出版了他的《容膝斋治印》九卷，收集了自一九五五年到二〇〇九年的五十五年中，他的一千六百六十一方印；《望山楼诗草》二卷，收集了自一九六三年到二〇〇八年的四十五年中，他的七百七十九首诗词。

多少次在梦里我告诉父亲书籍的出版，见到他高兴的样子。相信他在天之灵一定非常高兴。

子曰："小子何莫学夫《诗》？诗，可以兴，可以观，可以群，可以怨。迩之事父，远之事君，多识于鸟兽草木之名。"

这是二〇一二年十二月三十日在桂林举行的诗集发布会。

刘克嘉诗存
上卷
下卷
新华出版社

容膝斋治印
刘克嘉印存

六九、喝茶

父亲最喜欢喝茶，几乎从不喝饮料。他主要喝绿茶和红茶，反复冲泡，茶水没颜色了还喝。记得我小时候，隔夜的茶他也喝。

有时候我们出门旅行，每当喝到一杯热茶时，父亲都喜形于色，尤其是在西方时。

二〇一八年，我无意中喝了冷泡茶，从此喜欢上了这种泡茶方式。我常想，父亲是否喝过冷泡茶，是否喜欢呢？

父亲也喜欢喝咖啡。我读小学时，他去海南岛出差，常带当地的咖啡回家，并亲自煮咖啡给我们喝，那时觉得好香啊。

父亲喝咖啡加很多糖。他常笑着说，一九八五年去日本，喝一杯咖啡要加三包糖，被一旁的日本翻译抓住手制止，说糖太多了对身体不好。

父亲说过一个故事。旧时有个乞丐，随身带着茶杯，当作宝贝，常向人讨热水喝。因为茶杯用过很久，有茶垢，装热水后，还有茶味。

子曰：“饭疏食饮水，曲肱而枕之，乐亦在其中矣。”

七十、餐桌礼仪

父亲吃饭极其认真，一方面讲究餐桌礼仪，另一方面很在乎吃的东西。

父亲吃饭从未随便过，每次都正襟危坐，一丝不苟，绝对不会蹲着或站着。记得小时坐在餐桌边，他教给我们不少的规矩。

我常想起父亲端着碗的情形，他会用筷子仔细整理碗中米饭的形状，把一些细碎杂物如谷壳等挑拣出来。他说过，以前一次吃饭吃到小石子，把牙齿磕坏了，所以一直都很小心。

“食不语，寝不言。”“席不正，不坐。”

七一、爱惜和干净

父亲对自己的物品相当爱惜，记得他总是告诉我们“要爱惜使用”。这个教诲，对我影响越来越大。

父亲也喜欢买东西，遇到喜欢的会多买几个。有次我回大冶老家，老人们告诉我，他小的时候就喜欢买东西。

父亲极其讲究整洁、干净，他随时清理，他的一切都是整齐的、一尘不染的。

父亲的书房永远是整齐的，随时都很舒适，常见他整理图书。他的指甲也永远是整齐的。有时看到自己的指甲没几天就长了，稍不注意就藏污垢，好纳闷他多长时间剪一次指甲，三天、五天？

七二、着装

父亲着装永远一丝不苟，他喜欢唐装、中山装和西装。以前条件不好就用假领子，晚年有条件，更加讲究，还常戴着礼帽，风度翩翩。

我小的时候就看过父亲年轻时穿西装的非常帅的照片，还生疑问，因为那时人们主要穿中山装。

父亲晚年生病在家都要穿衬衣，不喜睡衣，母亲劝说多次，他都坚持。

曾子曰："君子所贵乎道者三：动容貌，斯远暴慢矣。正颜色，斯近信矣。出辞气，斯远鄙倍矣。笾豆之事，则有司存。"

子曰："君子博学于文，约之以礼，亦可以弗畔矣夫！"

子曰："君子修己以敬，修己以安人，修己以安百姓。"

七三、言语

父亲从来没有对我高声说过话，更没有吼叫、呵斥、批评、谩骂，对姐姐弟弟都这样。

父亲对人很客气，说话有礼，笑容满面。我成年后，他每次与我谈事，总是商量的口吻，常说："新新，与你商量一件事。"

但我这辈子好像没听父亲告诉我他爱我。母亲说，在别人面前，他总以他的子女自豪。

父亲去世的前两天，父亲节，我与母亲一起去医院看他，他已昏迷不醒。我在他耳边说："爸爸，我爱你。"这是我这辈子唯一的一次当面告诉父亲我爱他。

想对父亲千万遍地说"爸爸，我爱你"，这辈子再也没机会当面告诉他了，一切都留到天堂里再说吧。

子贡曰："夫子温良恭俭让以得之。"

有子曰："信近于义，言可复也。恭近于礼，远耻辱也。因不失其亲，亦可宗也。"

子曰："大哉问！礼，与其奢也，宁俭。丧，与其易也，宁戚。"

子曰："君子不以言举人，不以人废言。"

子曰："浸润之谮，肤受之愬，不行焉，可谓明也已矣。浸润之谮，肤受之愬，不行焉，可谓远也已矣。"

定公问："君使臣，臣事君，如之何？"孔子对曰："君使臣以礼，臣事君以忠。"

子曰："躬自厚而薄责于人，则远怨矣。"

七四、聊天

在我所有的记忆中，父亲聊天的主题，很少涉及仕途、赚钱、旁门左道，连他玩了几十年的桥牌都很少与我们谈，更不要说闲扯闹磕、插科打诨了。他谈得最多的就是文学、历史、诗词、篆刻、学问、做人、家乡、亲人、往事等。

子曰："君子病无能焉，不病人之不己知也。"

子曰："君子食无求饱，居无求安，敏于事而慎于言，就有道而正焉，可谓好学也已。"

子曰："君子耻其言之过其行。"

子曰："君子周而不比，小人比而不周。"

子曰："君子无所争，必也射乎！揖让而升，下而饮。其争也君子。"

子曰："不在其位，不谋其政。"曾子曰："君子思不出其位。"

《孝经》云："是故非法不言，非道不行。口无择言，身无择行。言满天下无口过，行满天下无怨恶。"

七五、仁爱

父亲去世后，在一次纪念父亲的聚会上，母亲说，一日晚饭后父亲散步，遇一乞丐，他伸手摸口袋发现没有带钱，于是对乞丐说，对不起，今天没带钱，明天记得带。第二天，同样的时间，他带着钱去了同样的地方。

母亲还说，约一九九八年，在广州，一小朋友乞讨，父亲给了几十块，然后来了约二十人围着他乞讨。

其实，除了买书，父亲一辈子节俭，但对人很大方，如寄钱给远房亲戚、资助他人上学等。

子曰："泛爱众，而亲仁。""节用而爱人。"

子曰："苟志于仁矣，无恶也。"

子曰："仁远乎哉？我欲仁，斯仁至矣。"

子曰："君子周急不继富。"

七六、性情

在父亲身上，感受到的是仁义礼智信，没有一丝的邪恶粗愚痞。这是我一生的体会和认识，也是我一生的追求。

能有这样的父亲，是我一生的幸福，一辈子的骄傲。父亲是中国古人的好儿子，我也要努力成为他这样的人。

父亲的性情值得儿孙们终生学习。他对待子女的态度、对人的尊重客气、修养自己、与世无争、儒雅、有错就改、坚持学习、勇敢、讲信用、讲义气……

子曰："我未见好仁者，恶不仁者。好仁者，无以尚之。恶不仁者，其为仁矣，不使不仁者加乎其身。有能一日用其力于仁矣乎？我未见力不足者。盖有之矣，我未之见也。"

子夏曰："虽小道，必有可观者焉。"

子贡曰："贤者识其大者，不贤者识其小者。""子绝四：毋意，毋必，毋固，毋我。"

子曰："君子之于天下也，无适也，无莫也，义之与比。"

子曰："贤者辟世，其次辟地，其次辟色，其次辟言。"

子曰："君子坦荡荡，小人长戚戚。"

子曰："不逆诈，不亿不信，抑亦先觉者，是贤乎！"

子曰："君子不重则不威，学则不固。主忠信，无友不如己者。过则勿惮改。"

子曰："女为君子儒，无为小人儒。"

达巷党人曰："大哉孔子！博学而无所成名。"子闻之，谓门弟子曰："吾何执？执御乎？执射乎？吾执御矣。"

子曰："志于道，据于德，依于仁，游于艺。"

七七、念故乡

父亲最喜欢德沃夏克《念故乡》这首乐曲，经常播放，而且还就此作诗《闻德沃夏克名曲〈念故乡〉》，令人现泪，手迹如下。他去世时，书房的CD机中就有这首曲子。歌曲是他的心思，他十几岁离开家乡，五十年后才回去。

我陪父亲去美国时，他还专程去洛杉矶看他的七叔，一路上详细地告诉我家里各房亲戚，我也作了记录。

子曰："乐，其可知也。始作，翕如也。从之，纯如也，皦如也，绎如也，以成。"

子曰："兴于诗，立于礼，成于乐。"

闻德沃夏克名曲《念故乡》

隔院楼台乐曲闻　　悠悠弦管动乡心

夜阑月色云遮半　　不叫青衫现泪痕

七八、五福

《尚书·洪范》云："五福，一曰寿，二曰富，三曰康宁，四曰攸好德，五曰考终命。"

五福临门，父亲一生可算是了。"攸好德"是他的天性，他是"好仁者"的典型，他一辈子可谓"康宁""寿"，他的精神世界是如此之"富"，仅除了最后的疾病，也是耄耋之年"考终命"。

己、其他

父亲的家庭

二十世纪五十年代

二十世纪六十年代

二十世纪七十年代

二十世纪八十年代

二十世纪九十年代

二十一世纪初

父亲各时期照片

父亲简历手迹

桂林市文学艺术界联合会稿纸

刘克嘉，湖北大冶人，1931年生。1953年毕业于东北师范大学中国语言文学系。历任桂林高中语文教师，市文化局戏剧创编室创作员，市桂剧团创作员，桂林戏曲学校副校长，市文化局长，市文联副主席、党组副书记，现为市文联调研员。是广西壮族自治区戏剧家协会、民间文艺家协会、书法家协会会员，市戏剧家协会、书法家协会、诗词学会会员。多年来努力学习马克思主义文艺思想和文艺理论，坚持贯彻“二为”方向和“双百”方针，一贯重视文艺的社会功能。与人合作改编和创作的剧目较多，如《唐知县审诰命》、《玉蒂缘》、《永安城》、《一朵鲜花》等等，发表过数十篇剧评。为发展旅游事业，与人合著《桂林山水》，

20×15=300　4034.88.7　第　页

桂林市文学艺术界联合会稿纸

《桂林诗词》，写过多篇游记、散文及撰写《叠彩山》一书。在古代诗词探索方面，撰写了《诗词曲格律与欣赏》一书中的第五章“古代诗词的语言”。由于从事语文教学和戏曲创作多年，对中国传统的古典文学饶有兴趣，现专心于古代诗词的学习与研究。业余爱好篆刻，力宗汉印平实一路，守拙勿巧。

20×15=300 4034.88.7 第 页

庚、《论语》分类

父亲的优秀品格，让我无限崇拜，以至于想深入了解《论语》这部影响中国两千多年的儒经。在此，分类整理之。每段开头的数字，表示原第几章第几段。

一、人

贤

14.31子曰："不逆诈，不亿不信，抑亦先觉者，是贤乎！"

14.37子曰："贤者辟世，其次辟地，其次辟色，其次辟言。"子曰："作者七人矣。"

19.22卫公孙朝问于子贡曰："仲尼焉学？"子贡曰："文武之道，未坠于地，在人。贤者识其大者，不贤者识其小者。莫不有文武之道焉。夫子焉不学？而亦何常师之有？"

君子

1.2子曰："君子务本，本立而道生。孝悌也者，其为仁之本与！"

1.8子曰："君子不重则不威，学则不固。主忠信，无友不如已者。过则勿惮改。"

1.14子曰："君子食无求饱，居无求安，敏于事而慎于言，就有道而正焉，可谓好学也已。"

2.12子曰："君子不器。"

2.13 子曰："先行其言而后从之。"

2.14 子曰："君子周而不比，小人比而不周。"

3.7 子曰："君子无所争，必也射乎！揖让而升，下而饮。其争也君子。"

4.10 子曰："君子之于天下也，无适也，无莫也，义之与比。"

4.11 子曰："君子怀德，小人怀土。君子怀刑，小人怀惠。"

4.16 子曰："君子喻于义，小人喻于利。"

4.24 子曰："君子欲讷于言而敏于行。"

5.16 子曰："有君子之道四焉：其行己也恭，其事上也敬，其养民也惠，其使民也义。"

6.4 子曰："君子周急不继富。"

6.13 子曰："女为君子儒，无为小人儒。"

6.26 子曰："君子可逝也，不可陷也。可欺也，不可罔也。"

6.27 子曰："君子博学于文，约之以礼，亦可以弗畔矣夫！"

7.31 子曰："君子亦党乎？"

7.33 子曰："文，莫吾犹人也。躬行君子，则吾未之有得。"

7.37 子曰："君子坦荡荡，小人长戚戚。"

8.2 子曰："君子笃于亲，则民兴于仁。故旧不遗，则民不偷。"

8.4 曾子曰："君子所贵乎道者三：动容貌，斯远暴慢矣。正颜色，斯近信矣。出辞气，斯远鄙倍矣。笾豆之事，则有司存。"

8.6 曾子曰："可以托六尺之孤，可以寄百里之命，临大节而不可夺也。君子人与？君子人也。"

9.6 子曰："君子多乎哉？不多也。"

9.14 子曰："君子居之，何陋之有？"

11.1 子曰："先进于礼乐，野人也。后进于礼乐，君子也。如用之，则吾从先进。"

11.21 子曰："论笃是与，君子者乎？色庄者乎？"

12.4 子曰："君子不忧不惧。""内省不疚，夫何忧何惧？"

12.5 子夏曰："君子何患乎无兄弟也？"

12.16 子曰："君子成人之美，不成人之恶。小人反是。"

12.19子对："君子之德风，小人之德草。草上之风必偃。"

12.24曾子曰："君子以文会友，以友辅仁。"

13.3子曰："君子于其所不知，盖阙如也。名不正，则言不顺。言不顺，则事不成。事不成，则礼乐不兴。礼乐不兴，则刑罚不中。刑罚不中，则民无所措手足。故君子名之必可言也，言之必可行也。君子于其言，无所苟而已矣。"

13.23子曰："君子和而不同，小人同而不和。"

13.25子曰："君子易事而难说也。说之不以道，不说也，及其使人也，器之。小人难事而易说也。说之虽不以道，说也，及其使人也，求备焉。"

13.26子曰："君子泰而不骄，小人骄而不泰。"

14.23子曰："君子上达，小人下达。"

14.26子曰："不在其位，不谋其政。"曾子曰："君子思不出其位。"

14.27子曰："君子耻其言之过其行。"

14.28子曰："君子道者三，我无能焉：仁者不忧，知者不惑，勇者不惧。"子贡曰："夫子自道也。"

14.42子曰："君子修己以敬，修己以安人，修己以安百姓。"

15.2子曰："君子固穷，小人穷斯滥矣。"

15.18子曰："君子义以为质，礼以行之，孙以出之，信以成之。君子哉！"

15.19子曰："君子病无能焉，不病人之不己知也。"

15.20子曰："君子疾没世而名不称焉。"

15.21子曰："君子求诸己，小人求诸人。"

15.22子曰："君子矜而不争，群而不党。"

15.23子曰："君子不以言举人，不以人废言。"

15.32子曰："君子谋道不谋食。耕也，馁在其中矣。学也，禄在其中矣。君子忧道不忧贫。"

15.34子曰："君子不可小知而可大受也，小人不可大受而可小知也。"

15.37子曰："君子贞而不谅。"

16.6孔子曰："侍于君子有三愆：言未及之而言，谓之躁。言及之而不言，谓之隐。未见颜色而言，谓之瞽。"

16.7孔子曰："君子有三戒：少之时，血气未定，戒之在色。及其壮也，血气方刚，戒之在斗。及其老也，血气既衰，戒之在得。"

16.8孔子曰："君子有三畏：畏天命，畏大人，畏圣人之言。小人不知天命而不畏也，狎大人，侮圣人之言。"

16.10孔子曰："君子有九思：视思明，听思聪，色思温，貌思恭，言思忠，事思敬，疑思问，忿思难，见得思义。"

17.4子曰："君子学道则爱人，小人学道则易使也。"

17.23子曰："君子义以为上。君子有勇而无义为乱，小人有勇而无义为盗。"

17.24子贡曰："君子亦有恶乎！"子曰："有恶！恶称人之恶者，恶居下流而上者，恶勇而不礼者，恶果敢而窒者。"

18.10周公谓鲁公曰："君子不施其亲，不使大臣怨乎不以。故旧无大故，则不弃也。无求备于一人！"

19.4子夏曰："虽小道，必有可观者焉。致远恐泥，是以君子不为也。"

19.7子夏曰："百工居肆以成其事，君子学以致其道。"

19.9子夏曰："君子有三变：望之俨然，即之也温，听其言也厉。"

19.10子夏曰："君子信而后劳其民，未信则以为厉己也。信而后谏，未信则以为谤己也。"

19.12子曰："君子之道，孰先传焉，孰后倦焉？譬诸草木，区以别矣。君子之道，焉可诬也？有始有卒者，其惟圣人乎！"

19.20子贡曰："纣之不善，不如是之甚也。是以君子恶居下流，天下之恶皆归焉。"

19.21子贡曰："君子之过也，如日月之食焉。过也，人皆见之。更也，人皆抑之。"

20.2子曰："君子惠而不费，劳而不怨，欲而不贪，泰而不骄，威而不猛。""不教而杀谓之虐，不戒视成谓之暴，慢令致期谓之贼，犹之与人也，出纳之吝谓之有司。"

20.3孔子曰："不知命，无以为君子也。不知礼，无以立也。不知言，无以知人也。"

士

4.9子曰："士志于道，而耻恶衣恶食者，未足与议也。"

8.7曾子曰："士不可以不弘毅，任重而道远。仁以为己任，不亦重乎？死而后已，不亦远乎？"

14.2子曰："士而怀居，不足以为士矣。"

12.20子张问："士何如斯可谓之达矣？"子曰："何哉，尔所谓达者？"子张对曰："在邦必闻，在家必闻。"子曰："是闻也，非达也。夫达也者，质直而好义，察言而观色，虑以下人。在邦必达，在家必达。夫闻也者，色取仁而行违，居之不疑。在邦必闻，在家必闻。"

13.20子贡问曰："何如斯可谓之士矣？"子曰："行己有耻，使于四方，不辱君命，可谓士矣。"曰："敢问其次。"曰："宗族称孝焉，乡党称弟焉。"曰："敢问其次。"曰："言必信，行必果，硁硁然小人哉！抑亦可以为次矣。"曰："今之从政者何如？"子曰："噫！斗筲之人，何足算也？"

13.28子路问曰："何如斯可谓之士矣？"子曰："切切偲偲，怡怡如也，可谓士矣。朋友切切偲偲，兄弟怡怡。"

14.12子路问成人。子曰："若臧武仲之知，公绰之不欲，卞庄子之勇，冉求之艺，文之以礼乐，亦可以为成人矣。"曰："今之成人者何必然？见利思义，见危授命，久要不忘平生之言，亦可以为成人矣。"

15.9子曰："志士仁人，无求生以害仁，有杀身以成仁。"

19.1子张曰："士见危致命，见得思义，祭思敬，丧思哀，其可已矣。"

小人

15.17子曰："群居终日，言不及义，好行小慧，难矣哉！"

17.12子曰："色厉而内荏，譬诸小人，其犹穿窬之盗也与？"

17.15 子曰："鄙夫可与事君也与哉？其未得之也，患得之，既得之，患失之，苟患失之，无所不至矣。"

19.8 子夏曰："小人之过也必文。"

二、哲理

仁

3.3子曰："人而不仁，如礼何？人而不仁，如乐何？"

4.1子曰："里仁为美。择不处仁，焉得知？"

4.2子曰："不仁者不可以久处约，不可以长处乐。仁者安仁，知者利仁。"

4.3子曰："唯仁者能好人，能恶人。"

4.4子曰："苟志于仁矣，无恶也。"

4.6子曰："我未见好仁者，恶不仁者。好仁者，无以尚之。恶不仁者，其为仁矣，不使不仁者加乎其身。有能一日用其力于仁矣乎？我未见力不足者。盖有之矣，我未之见也。"

4.7子曰："人之过也，各于其党。观过，斯知仁矣。"

5.5或曰："雍也，仁而不佞。"子曰："焉用佞？御人以口给，屡憎于人。不知其仁，焉用佞？"

5.8孟武伯问："子路仁乎？"子曰："不知也。"又问。子曰："由也，千乘之国，可使治其赋也，不知其仁也。""求也何如？"子曰："求也，千室之邑，百乘之家，可使为之宰也，不知其仁也。""赤也何如？"子曰："赤也，束带立于朝，可使与宾客言也，不知其仁也。"

6.7子曰："回也，其心三月不违仁，其余则日月至焉而已矣。"

6.22樊迟问知。子曰："务民之义，敬鬼神而远之，可谓知矣。"问仁。曰："仁者先难而后获，可谓仁矣。"

6.26宰我问曰："仁者，虽告之曰：'井有仁焉。'其从之也？"子曰："何为其然也？君子可逝也，不可陷也。可欺也，不可罔也。"

6.30子贡曰："如有博施于民而能济众，何如？可谓仁乎？"子曰："何事于仁！必也圣乎？尧舜其犹病诸！夫仁者，己欲立而立人，己欲达而达人。能近取譬，可谓仁之方也已。"

7.15冉有曰："夫子为卫君乎？"子贡曰："诺。吾将问之。"入，曰："伯夷、叔齐何人也？"曰："古之贤人也。"曰："怨乎？"曰："求仁而得仁，又何怨？"出，曰："夫子不为也。"

7.30 子曰："仁远乎哉？我欲仁，斯仁至矣。"

7.34 子曰："若圣与仁，则吾岂敢？抑为之不厌，诲人不倦，则可谓云尔已矣。"公西华曰："正唯弟子不能学也。"

12.1 颜渊问仁。子曰："克己复礼为仁。一日克己复礼，天下归仁焉。为仁由己，而由人乎哉？"颜渊曰："请问其目。"子曰："非礼勿视，非礼勿听，非礼勿言，非礼勿动。"颜渊曰："回虽不敏，请事斯语矣。"

12.2 仲弓问仁。子曰："出门如见大宾，使民如承大祭。己所不欲，勿施于人。在邦无怨，在家无怨。"仲弓曰："雍虽不敏，请事斯语矣。"

12.3 司马牛问仁。子曰："仁者，其言也讱。"曰："其言也讱，斯谓之仁已乎？"子曰："为之难，言之得无讱乎？"

12.22 樊迟问仁。子曰："爱人。"问知。子曰："知人"。樊迟未达。子曰："举直错诸枉，能使枉者直。"樊迟退，见子夏曰："乡也吾见于夫子而问知，子曰：'举直错诸枉，能使枉者直'，何谓也？"子夏曰："富哉言乎！舜有天下，选于众，举皋陶，不仁者远矣。汤有天下，选于众，举伊尹，不仁者远矣。"

13.12 子曰："如有王者，必世而后仁。"

13.19 樊迟问仁。子曰："居处恭，执事敬，与人忠。虽之夷狄，不可弃也。"

13.27 子曰："刚、毅、木、讷近仁。"

14.1 宪问耻。子曰："邦有道，谷。邦无道，谷，耻也。""克、伐、怨、欲不行焉，可以为仁矣？"子曰："可以为难矣，仁则吾不知也。"

14.6 子曰："君子而不仁者有矣夫，未有小人而仁者也。"

15.36 子曰："当仁，不让于师。"

15.10 子贡问为仁，子曰："工欲善其事，必先利其器。居是邦也，事其大夫之贤者，友其士之仁者。"

15.33 子曰："知及之，仁不能守之，虽得之，必失之。知及之，仁能守之，不庄以涖之，则民不敬。知及之，仁能守之，庄以涖之，动之不以礼，未善也。”

15.35 子曰：“民之于仁也，甚于水火。水火，吾见蹈而死者矣，未见蹈仁而死者也。”

17.6 子张问仁于孔子。孔子曰：“能行五者于天下，为仁矣。”“请问之。”曰：“恭宽信敏惠。恭则不侮，宽则得众，信则人任焉，敏则有功，惠则足以使人。”

17.8 子曰：“由也！女闻六言六蔽矣乎？”对曰：“未也。”“居！吾语女。好仁不好学，其蔽也愚。好知不好学，其蔽也荡。好信不好学，其蔽也贼。好直不好学，其蔽也绞。好勇不好学，其蔽也乱。好刚不好学，其蔽也狂。”

19.6 子夏曰：“博学而笃志，切问而近思，仁在其中矣。”

礼

1.12 有子曰：“礼之用，和为贵。先王之道，斯为美，小大由之。有所不行，知和而和，不以礼节之，亦不可行也。”

1.13 有子曰：“信近于义，言可复也。恭近于礼，远耻辱也。因不失其亲，亦可宗也。”

3.4 林放问礼之本。子曰：“大哉问！礼，与其奢也，宁俭。丧，与其易也，宁戚。”

3.8 子夏问曰：“‘巧笑倩兮，美目盼兮，素以为绚兮。’何谓也？”子曰：“绘事后素。”曰：“礼后乎？”子曰：“起予者商也！始可与言《诗》已矣。”

3.9 子曰：“夏礼，吾能言之，杞不足征也。殷礼，吾能言之，宋不足征也。文献不足故也。足，则吾能征之矣。”

3.10 子曰：“禘自既灌而往者，吾不欲观之矣。”

3.11 或问禘之说。子曰：“不知也，知其说者之于天下也，其如示诸斯乎！”指其掌。

3.15 子入太庙，每事问。或曰：“孰谓鄹人之子知礼乎？入太庙，每事问。”子闻之，曰：“是礼也。”

3.17 子贡欲去告朔之饩羊。子曰：“赐也！尔爱其羊，我爱其礼。”

3.18子曰："事君尽礼，人以为谄也。"

3.19定公问："君使臣，臣事君，如之何？"孔子对曰："君使臣以礼，臣事君以忠。"

3.22子曰："管仲之器小哉！"或曰："管仲俭乎？"曰："管氏有三归，官事不摄，焉得俭？""然则管仲知礼乎？"曰："邦君树塞门，管氏亦树塞门。邦君为两君之好，有反坫，管氏亦有反坫。管氏而知礼，孰不知礼？"

3.26子曰："居上不宽，为礼不敬，临丧不哀，吾何以观之哉？"

4.13子曰："能以礼让为国乎，何有？不能以礼让为国，如礼何？"

7.31陈司败问："昭公知礼乎？"孔子曰："知礼。"孔子退，揖巫马期而进之，曰："吾闻君子不党，君子亦党乎？君取于吴，为同姓，谓之吴孟子。君而知礼，孰不知礼？"巫马期以告。子曰："丘也幸，苟有过，人必知之。"

8.2子曰："恭而无礼则劳，慎而无礼则葸，勇而无礼则乱，直而无礼则绞。君子笃于亲，则民兴于仁。故旧不遗，则民不偷。"

8.8子曰："兴于诗，立于礼，成于乐。"

14.41子曰："上好礼，则民易使也。"

16.2孔子曰："天下有道，则礼乐征伐自天子出。天下无道，则礼乐征伐自诸侯出。自诸侯出，盖十世希不失矣。自大夫出，五世希不失矣。陪臣执国命，三世希不失矣。天下有道，则政不在大夫。天下有道，则庶人不议。"

孝

1.2有子曰："其为人也孝悌，而好犯上者，鲜矣。不好犯上，而好作乱者，未之有也。君子务本，本立而道生。孝悌也者，其为仁之本与！"

1.6子曰："弟子，入则孝，出则悌，谨而信，泛爱众，而亲仁。行有余力，则以学文。"

1.7子夏曰："贤贤易色。事父母，能竭其力。事君，能致其身。与朋友交，言而有信。虽曰未学，吾必谓之学矣。"

1.11子曰："父在观其志，父没观其行，三年无改于父之道，可谓孝矣。"

2.5孟懿子问孝。子曰："无违。"樊迟御，子告之曰："孟孙问孝于我，我对曰，无违。"樊迟曰："何谓也？"子曰："生，事之以礼。死，葬之以礼，祭之以礼。"

2.6孟武伯问孝。子曰："父母唯其疾之忧。"

2.7子游问孝。子曰："今之孝者，是谓能养。至于犬马，皆能有养。不敬，何以别乎？"

2.8子夏问孝。子曰："色难。有事，弟子服其劳。有酒食，先生馔，曾是以为孝乎？"

2.21或谓孔子曰："子奚不为政？"子曰："《书》云：'孝乎！惟孝，友于兄弟，施于有政。'是亦为政，奚其为为政？"

4.18子曰："事父母几谏，见志不从，又敬不违，劳而不怨。"

4.19子曰："父母在，不远游，游必有方。"

4.20子曰："三年无改于父之道，可谓孝矣。"

4.21子曰："父母之年，不可不知也。一则以喜，一则以惧。"

9.16子曰："出则事公卿，入则事父兄，丧事不敢不勉，不为酒困，何有于我哉？"

11.5子曰："孝哉，闵子骞！人不间于其父母昆弟之言。"

19.18曾子曰："吾闻诸夫子，孟庄子之孝也，其他可能也。其不改父之臣与父之政，是难能也。"

智

6.23子曰："知者乐水，仁者乐山。知者动，仁者静。知者乐，仁者寿。"

9.8子曰："吾有知乎哉？无知也。有鄙夫问于我，空空如也。我叩其两端而竭焉。"

9.29子曰："知者不惑，仁者不忧，勇者不惧。"

9.31"唐棣之华，偏其反而。岂不尔思？室是远而。"子曰："未之思也，夫何远之有？"

12.6子张问明。子曰："浸润之谮，肤受之愬，不行焉，可谓明也已矣。浸润之谮，肤受之愬，不行焉，可谓远也已矣。"

勇

2.24子曰："非其鬼而祭之，谄也。见义不为，无勇也。"

5.7子曰："道不行，乘桴浮于海。从我者，其由与？"子路闻之喜。子曰："由也好勇过我，无所取材。"

5.11子曰："吾未见刚者。"或对曰："申枨。"子曰："枨也欲，焉得刚？"

8.10子曰："好勇疾贫，乱也。人而不仁，疾之已甚，乱也。"

9.26子曰："三军可夺帅也，匹夫不可夺志也。"

14.4子曰："有德者必有言，有言者不必有德。仁者必有勇，勇者不必有仁。"

善

11.20子张问善人之道。子曰："不践迹，亦不入于室。"

16.11孔子曰："见善如不及，见不善如探汤。吾见其人矣，吾闻其语矣。隐居以求其志，行义以达其道。吾闻其语矣，未见其人也。"

文

5.15子贡问曰："孔文子何以谓之'文'也？"子曰："敏而好学，不耻下问，是以谓之'文'也。"

6.18子曰："质胜文则野，文胜质则史。文质彬彬，然后君子。"

9.5子畏于匡，曰："文王既没，文不在兹乎？天之将丧斯文也，后死者不得与于斯文也。天之未丧斯文也，匡人其如予何？"

12.15子曰："博学于文，约之以礼，亦可以弗畔矣夫！"

学问

1.1子曰："学而时习之，不亦说乎？有朋自远方来，不亦乐乎？人不知而不愠，不亦君子乎？"

2.4子曰："吾十有五而志于学，三十而立，四十而不惑，五十而知天命，六十而耳顺，七十而从心所欲，不逾矩。"

2.11子曰："温故而知新，可以为师矣。"

2.15子曰："学而不思则罔，思而不学则殆。"

2.17子曰："由！诲女知之乎！知之为知之，不知为不知，是知也。"

5.28子曰："十室之邑，必有忠信如丘者焉，不如丘之好学也。"

6.12冉求曰："非不说子之道，力不足也。"子曰："力不足者，中道而废。今女画。"

6.20子曰："知之者不如好之者，好之者不如乐之者。"

7.2子曰："默而识之，学而不厌，诲人不倦，何有于我哉？"

7.8子曰："不愤不启，不悱不发。举一隅不以三隅反，则不复也。"

7.17子曰："加我数年，五十以学《易》，可以无大过矣。"

7.20子曰："我非生而知之者，好古，敏以求之者也。"

7.22子曰："三人行，必有我师焉。择其善者而从之，其不善者而改之。"

8.5曾子曰："以能问于不能，以多问于寡。有若无，实若虚，犯而不校。昔者吾友尝从事于斯矣。"

8.12子曰："三年学，不至于谷，不易得也。"

8.13子曰："笃信好学，守死善道。危邦不人，乱邦不居。天下有道则见，无道则隐。邦有道，贫且贱焉，耻也。邦无道，富且贵焉，耻也。"

8.17子曰："学如不及，犹恐失之。"

13.4樊迟请学稼。子曰："吾不如老农。"请学为圃。曰："吾不如老圃。"樊迟出，子曰："小人哉，樊须也！上好礼，则民莫敢不敬。上好义，则民莫敢不服。上好信，则民莫敢不用情。夫如是，则四方之民襁负其子而至矣，焉用稼？"

14.24子曰："古之学者为己，今之学者为人。"

14.35子曰："莫我知也夫！"子贡曰："何为其莫知子也？"子曰："不怨天，不尤人。下学而上达。知我者其天乎！"

15.3 子曰："赐也，女以予为多学而识之者与？"对曰："然。非与？"曰："非也，予一以贯之。"

15.31 子曰："吾尝终日不食，终夜不寝，以思，无益，不如学也。"

16.9 孔子曰："生而知之者上也，学而知之者次也。困而学之，又其次也。困而不学，民斯为下矣。"

16.13 陈亢问于伯鱼曰："子亦有异闻乎？"对曰："未也。尝独立，鲤趋而过庭。曰：'学《诗》乎？'对曰：'未也。''不学《诗》，无以言。'鲤退而学《诗》。他日，又独立，鲤趋而过庭。曰：'学礼乎？'对曰：'未也。''不学礼，无以立。'鲤退而学礼。闻斯二者。"陈亢退而喜曰："问一得三：闻《诗》，闻礼，又闻君子之远其子也。"

17.9 子曰："小子何莫学夫《诗》？诗，可以兴，可以观，可以群，可以怨。迩之事父，远之事君。多识于鸟兽草木之名。"

19.5 子夏曰："日知其所亡，月无忘其所能，可谓好学也已矣。"

19.13 子夏曰："仕而优则学，学而优则仕。"

言

1.3 子曰："巧言令色，鲜矣仁！"

2.18 子张学干禄。子曰："多闻阙疑，慎言其余，则寡尤。多见阙殆，慎行其余，则寡悔。言寡尤，行寡悔，禄在其中矣。"

3.21 哀公问社于宰我。宰我对曰："夏后氏以松，殷人以柏，周人以栗，曰，使民战栗。"子闻之，曰："成事不说，遂事不谏，既往不咎。"

4.22 子曰："古者言之不出，耻躬之不逮也。"

5.10 宰予昼寝。子曰："朽木不可雕也，粪土之墙不可圬也。于予与何诛？"子曰："始吾于人也，听其言而信其行。今吾于人也，听其言而观其行。于予与改是。"

5.25 子曰："巧言、令色、足恭，左丘明耻之，丘亦耻之。匿怨而友其人，左丘明耻之，丘亦耻之。"

7.18 子所雅言，《诗》、《书》、执礼，皆雅言也。

9.24 子曰："法语之言，能无从乎？改之为贵。巽与之言，能无说乎？绎之为贵。说而不绎，从而不改，吾未如之何也已矣。”

10.1孔子于乡党，恂恂如也，似不能言者。其在宗庙朝廷，便便言，唯谨尔。

10.2朝，与下大夫言，侃侃如也。与上大夫言，訚訚如也。君在，踧踖如也，与与如也。

11.14鲁人为长府。闵子骞曰：“仍旧贯，如之何？何必改作？”子曰：“夫人不言，言必有中。”

12.12子曰：“片言可以折狱者，其由也与？”子路无宿诺。

12.13子曰：“听讼，吾犹人也。必也使无讼乎？”

13.15定公问：“一言而可以兴邦，有诸？”孔子对曰：“言不可以若是其几也。人之言曰：‘为君难，为臣不易。’如知为君之难也，不几乎一言而兴邦乎？”曰：“一言而丧邦，有诸？”孔子对曰：“言不可以若是其几也。人之言曰：‘予无乐乎为君，唯其言而莫予违也。’如其善而莫之违也，不亦善乎？如不善而莫之违也，不几乎一言而丧邦乎？”

14.4子曰：“有德者必有言，有言者不必有德。仁者必有勇，勇者不必有仁。”

14.20子曰：“其言之不怍，则为之也难。”

15.6子张问行。子曰：“言忠信，行笃敬，虽蛮貊之邦，行矣。言不忠信，行不笃敬，虽州里，行乎哉？立则见其参于前也，在舆则见其倚于衡也，夫然后行。”子张书诸绅。

15.8子曰：“可与言而不与之言，失人。不可与言而与之言，失言。知者不失人，亦不失言。”

15.24子贡问曰：“有一言而可以终身行之者乎？”子曰：“其恕乎！己所不欲，勿施于人。”

15.27子曰：“巧言乱德。小不忍，则乱大谋。”

15.41子曰：“辞达而已矣。”

17.14子曰：“道听而涂说，德之弃也。”

17.17子曰：“巧言令色，鲜矣仁。”

17.19子曰：“予欲无言。”子贡曰：“子如不言，则小子何述焉？”子曰：“天何言哉？四时行焉，百物生焉。天何言哉？”

19.25 陈子禽谓子贡曰："子为恭也，仲尼岂贤于子乎？"子贡曰："君子一言以为知，一言以为不知，言不可不慎也。夫子之不可及也，犹天之不可阶而升也。夫子之得邦家者，所谓立之斯立，道之斯行，绥之斯来，动之斯和。其生也荣，其死也哀。如之何其可及也？"

行

9.10 子见齐衰者、冕衣裳者与瞽者，见之，虽少，必作。过之，必趋。

10.3 君召使摈，色勃如也，足躩如也。揖所与立，左右手，衣前后，襜如也。趋进，翼如也。宾退，必复命曰："宾不顾矣。"

10.4 入公门，鞠躬如也，如不容。立不中门，行不履阈。过位，色勃如也，足躩如也，其言似不足者。摄齐升堂，鞠躬如也，屏气似不息者。出，降一等，逞颜色，怡怡如也。没阶，趋进，翼如也。复其位，踧踖如也。

10.5 执圭，鞠躬如也，如不胜。上如揖，下如授。勃如战色，足蹜蹜，如有循。享礼，有容色。私觌，愉愉如也。

10.14 乡人傩，朝服而立于阼阶。

10.15 问人于他邦，再拜而送之。

10.19 疾，君视之，东首，加朝服，拖绅。

10.20 君命召，不俟驾行矣。

10.21 入太庙，每事问。

10.25 见齐衰者，虽狎，必变。见冕者与瞽者，虽亵，必以貌。凶服者式之，式负版者。有盛馔，必变色而作。迅雷风烈，必变。

10.26 升车，必正立，执绥。车中，不内顾，不疾言，不亲指。

11.22 子路问："闻斯行诸？"子曰："有父兄在，如之何其闻斯行之？"冉有问："闻斯行诸？"子曰："闻斯行之。"公西华曰："由也问'闻斯行诸'，子曰：'有父兄在'，求也问'闻斯行诸'，子曰：'闻斯行之'。赤也惑，敢问。"子曰："求也退，故进之。由也兼人，故退之。"

忠

1.4 曾子曰："吾日三省吾身：为人谋而不忠乎？与朋友交而不信乎？传不习乎？"

3.19 定公问："君使臣，臣事君，如之何？"孔子对曰："君使臣以礼，臣事君以忠。"

14.22 子路问事君。子曰："勿欺也，而犯之。"

信

2.22 子曰："人而无信，不知其可也。大车无輗，小车无軏，其何以行之哉？"

4.23 子曰："以约失之者鲜矣。"

8.16 子曰："狂而不直，侗而不愿，悾悾而不信，吾不知之矣。"

12.10 子张问崇德辨惑。子曰："主忠信，徙义，崇德也。爱之欲其生，恶之欲其死。既欲其生，又欲其死，是惑也。'诚不以富，亦祗以异'。"

道

4.8 子曰："朝闻道，夕死可矣。"

4.15 子曰："参乎！吾道一以贯之。"曾子曰："唯。"子出，门人问曰："何谓也？"曾子曰："夫子之道，忠恕而已矣。"

6.17 子曰："谁能出不由户？何莫由斯道也？"

7.6 子曰："志于道，据于德，依于仁，游于艺。"

14.36 公伯寮愬子路于季孙。子服景伯以告，曰："夫子固有惑志于公伯寮，吾力犹能肆诸市朝。"子曰："道之将行也与，命也。道之将废也与，命也。公伯寮其如命何！"

15.29 子曰："人能弘道，非道弘人。"

15.40 子曰："道不同，不相为谋。"

15.42 师冕见，及阶，子曰："阶也。"及席，子曰："席也。"皆坐，子告之曰："某在斯，某在斯。"师冕出。子张问曰："与师言之道与？"

子曰："然。固相师之道也。"

18.7 子路从而后，遇丈人，以杖荷蓧。子路问曰："子见夫子乎？"丈人曰："四体不勤，五谷不分，孰为夫子？"植其杖而芸。子路拱而立。止子路宿，杀鸡为黍而食之，见其二子焉。明日，子路行以告。子曰："隐者也。"使子路反见之。至，则行矣。子路曰："不仕无义。长幼之节，不可废也。君臣之义，如之何其废之？欲洁其身，而乱大伦。君子之仕也，行其义也。道之不行，已知之矣。"

19.2 子张曰："执德不弘，信道不笃，焉能为有？焉能为亡？"

德

4.25 子曰："德不孤，必有邻。"

9.18 子曰："吾未见好德如好色者也。"

6.29 子曰："中庸之为德也，其至矣乎！民鲜久矣。"

7.3 子曰："德之不修，学之不讲，闻义不能徙，不善不能改，是吾忧也。"

7.23 子曰："天生德于予，恒魋其如予何？"

12.21 樊迟从游于舞雩之下，曰："敢问崇德，修慝，辨惑。"子曰："善哉问！先事后得，非崇德与？攻其恶，无攻人之恶，非修慝与？一朝之忿，忘其身，以及其亲，非惑与？"

14.33 子曰："骥不称其力，称其德也。"

14.34 或曰："以德报怨，何如？"子曰："何以报德？以直报怨，以德报德。"

15.13 子曰："已矣乎！吾未见好德如好色者也。"

15.4 子曰："由！知德者鲜矣。"

17.13 子曰："乡愿，德之贼也。"

19.11 子夏曰："大德不逾闲，小德出入可也。"

德行

5.27 子曰："已矣乎！吾未见能见其过而内自讼者也。"

7.7 子曰："自行束脩以上，吾未尝无诲焉。"

14.25蘧伯玉使人于孔子。孔子与之坐而问焉，曰："夫子何为？"对曰："夫子欲寡其过而未能也。"使者出。子曰："使乎！使乎！"

15.15子曰："躬自厚而薄责于人，则远怨矣。"

15.30子曰："过而不改，是谓过矣。"

思

4.14子曰："不患无位，患所以立。不患莫己知，求为可知也。"

5.20季文子三思而后行。子闻之，曰："再，斯可矣。"

15.12子曰："人无远虑，必有近忧。"

恒

7.26子曰："圣人，吾不得而见之矣。得见君子者，斯可矣。"子曰："善人，吾不得而见之矣。得见有恒者，斯可矣。亡而为有，虚而为盈，约而为泰，难乎有恒矣。"

9.19子曰："譬如为山，未成一篑，止，吾止也。譬如平地，虽覆一篑，进，吾往也。"

13.22子曰："南人有言曰：'人而无恒，不可以作巫医。'善夫。""不恒其德，或承之羞。"子曰："不占而已矣。"

俭

9.3子曰："麻冕，礼也。今也纯，俭，吾从众。拜下，礼也。今拜乎上，泰也。虽违众，吾从下。"

直

13.18叶公语孔子曰："吾党有直躬者，其父攘羊，而子证之。"孔子曰："吾党之直者异于是：父为子隐，子为父隐，直在其中矣。"

简

6.2仲弓问子桑伯子，子曰："可也，简。"仲弓曰："居敬而行简，以临其民，不亦可乎？居简而行简，无乃大简乎？"子曰："雍之言然。"

其他

2.16子曰："攻乎异端，斯害也已。"

4.12子曰："放于利而行，多怨。"

6.19子曰："人之生也直，罔之生也幸而免。"

13.6子曰："其身正，不令而行。其身不正，虽令不从。"

孔子德行

1.10子禽问于子贡曰："夫子至于是邦也，必闻其政，求之与？抑与之与？"子贡曰："夫子温、良、恭、俭、让以得之。夫子之求之也，其诸异乎人之求之与？"

5.13子贡曰："夫子之文章，可得而闻也。夫子之言性与天道，不可得而闻也。"

7.1子曰："述而不作，信而好古，窃比于我老彭。"

7.13子之所慎：齐、战、疾。

7.25子以四教：文、行、忠、信。

7.27子钓而不纲，弋不射宿。

7.38子温而厉，威而不猛，恭而安。

9.1子罕言利，与命与仁。

9.4子绝四：毋意，毋必，毋固，毋我。

3.24仪封人请见，曰："君子之至于斯也，吾未尝不得见也。"从者见之。出曰："二三子何患于丧乎？天下之无道也久矣，天将以夫子为木铎。"

5.26颜渊、季路侍。子曰："盍各言尔志？"子路曰："愿车马衣轻裘与朋友共，敝之而无憾。"颜渊曰："愿无伐善，无施劳。"子路曰："愿闻子之志。"子曰："老者安之，朋友信之，少者怀之。"

7.24子曰："二三子以我为隐乎？吾无隐乎尔。吾无行而不与二三子者，是丘也。"

9.2达巷党人曰："大哉孔子！博学而无所成名。"子闻之，谓门弟子曰："吾何执？执御乎？执射乎？吾执御矣。"

9.7牢曰："子云：'吾不试，故艺。'"

9.11颜渊喟然叹曰："仰之弥高，钻之弥坚。瞻之在前，忽焉在后。夫子循循然善诱之，博我以文，约我以礼，欲罢不能。既竭吾才，如有所立卓尔。虽欲从之。末由也矣。"

14.32微生亩谓孔子曰："丘何为是栖栖者与？无乃为佞乎？"孔子曰："非敢为佞也，疾固也。"

15.25子曰："吾之于人也，谁毁谁誉？如有所誉者，其有所试矣。斯民也，三代之所以直道而行也。"

15.26子曰："吾犹及史之阙文也。有马者借人乘之，今亡矣夫！"

交往

1.7子夏曰："贤贤易色。事父母，能竭其力。事君，能致其身。与朋友交，言而有信。虽曰未学，吾必谓之学矣。"

1.16子曰："不患人之不己知，患不知人也。"

2.10子曰："视其所以，观其所由，察其所安。人焉廋哉？人焉廋哉？"

4.17子曰："见贤思齐焉，见不贤而内自省也。"

4.26子游曰："事君数，斯辱矣。朋友数，斯疏矣。"

5.12子贡曰："我不欲人之加诸我也，吾亦欲无加诸人。"子曰："赐也，非尔所及也。"

6.21子曰："中人以上，可以语上也。中人以下，不可以语上也。"

7.28子曰："盖有不知而作之者，我无是也。多闻，择其善者而从之，多见而识之，知之次也。"

7.29互乡难与言，童子见，门人惑。子曰："与其进也，不与其退也，唯何甚？人洁己以进，与其洁也，不保其往也。"

9.25子曰："主忠信，毋友不如己者，过则勿惮改。"

9.30子曰："可与共学，未可与适道。可与适道，未可与立。可与立，未可与权。"

10.22朋友死，无所归，曰："于我殡。"

12.23子贡问友。子曰："忠告而善道之，不可则止，毋自辱焉。"

13.21子曰："不得中行而与之，必也狂狷乎？狂者进取，狷者有所不为也。"

14.30子曰："不患人之不己知，患其不能也。"

15.28子曰："众恶之，必察焉。众好之，必察焉。"

16.4孔子曰："益者三友，损者三友。友直，友谅，友多闻，益矣。友便辟，友善柔，友便佞，损矣。"

16.8孔子曰："益者三乐，损者三乐。乐节礼乐，乐道人之善，乐多贤友，益矣。乐骄乐，乐佚游，乐宴乐，损矣。"

18.6长沮、桀溺耦而耕，孔子过之，使子路问津焉。长沮曰："夫执舆者为谁？"子路曰："为孔丘。"曰："是鲁孔丘与？"曰："是也。"曰："是知津矣。"问于桀溺。桀溺曰："子为谁？"曰："为仲由"。曰："是鲁孔丘之徒与？"对曰："然。"曰："滔滔者天下皆是也，而谁以易之？且而与其从辟人之士也，岂若从辟世之士哉？"耰而不辍。子路行以告。夫子怃然曰："鸟兽不可与同群，吾非斯人之徒与而谁与？天下有道，丘不与易也。"

19.3子夏之门人问交于子张。子张曰："子夏云何？"对曰："子夏曰：'可者与之，其不可者拒之。'"子张曰："异乎吾所闻：君子尊贤而容众，嘉善而矜不能。我之大贤与，于人何所不容？我之不贤与，人将拒我，如之何其拒人也？"

教育

3.16子曰："射不主皮，为力不同科，古之道也。"

9.22子曰："苗而不秀者有矣夫！秀而不实者有矣夫！"

13.29子曰："善人教民七年，亦可以即戎矣。"

13.30子曰："以不教民战，是谓弃之。"

15.39子曰："有教无类。"

战

7.11子谓颜渊曰："用之则行，舍之则藏，惟我与尔有是夫！"子路曰："子行三军，则谁与？"子曰："暴虎冯河，死而无悔者，吾不与也。

必也临事而惧，好谋而成者也。”

15.1 卫灵公问阵于孔子。孔子对曰：“俎豆之事，则尝闻之矣。军旅之事，未之学也。”明日遂行。

疾

6.10 伯牛有疾，子问之，自牖执其手，曰：“亡之，命矣夫！斯人也而有斯疾也！斯人也而有斯疾也！”

8.3 曾子有疾，召门弟子曰：“启予足！启予手！《诗》云：‘战战兢兢，如临深渊，如履薄冰。’而今而后，吾知免夫！小子！”

8.4 曾子有疾，孟敬子问之。曾子言曰：“鸟之将死，其鸣也哀。人之将死，其言也善。君子所贵乎道者三：动容貌，斯远暴慢矣。正颜色，斯近信矣。出辞气，斯远鄙倍矣。笾豆之事，则有司存。”

9.12 子疾病，子路使门人为臣。病间。曰：“久矣哉，由之行诈也！无臣而为有臣。吾谁欺？欺天乎？且予与其死于臣之手也，无宁死于二三子之手乎？且予纵不得大葬，予死于道路乎？”

17.16 子曰：“古者民有三疾，今也或是之亡也。古之狂也肆，今之狂也荡。古之矜也廉，今之矜也忿戾。古之愚也直，今之愚也诈而已矣。”

贫富

1.15 子贡曰：“贫而无谄，富而无骄，何如？”子曰：“可也。未若贫而乐，富而好礼者也。”子贡曰：“《诗》云：‘如切如磋，如琢如磨’，其斯之谓与？”子曰：“赐也，始可与言《诗》已矣，告诸往而知来者。”

4.5 子曰：“富与贵，是人之所欲也。不以其道得之，不处也。贫与贱，是人之所恶也。不以其道得之，不去也。君子去仁，恶乎成名？君子无终食之间违仁，造次必于是，颠沛必于是。”

7.12 子曰：“富而可求也，虽执鞭之士，吾亦为之。如不可求，从吾所好。”

7.36 子曰：“奢则不孙，俭则固。与其不孙也，宁固。”

11.17季氏富于周公，而求也为之聚敛而附益之。子曰："非吾徒也。小子鸣鼓而攻之可也。"

14.10子曰："贫而无怨难，富而无骄易。"

衣

9.27子曰："衣敝缊袍，与衣狐貉者立，而不耻者，其由也与？'不忮不求，何用不臧？'"子路终身诵之。子曰："是道也，何足以臧？"

10.6君子不以绀緅饰。红紫不以为亵服。当暑，袗絺绤，必表而出之。缁衣，羔裘。素衣，麑裘。黄衣，狐裘。亵裘长，短右袂。必有寝衣，长一身有半。狐貉之厚以居。去丧，无所不佩。非帷裳，必杀之。羔裘玄冠不以吊。吉月，必朝服而朝。

食

6.11子曰："贤哉，回也！一箪食，一瓢饮，在陋巷，人不堪其忧，回也不改其乐。贤哉，回也！"

7.16子曰："饭疏食饮水，曲肱而枕之，乐亦在其中矣。不义而富且贵，于我如浮云。"

8.21子曰："禹，吾无间然矣。菲饮食而致孝乎鬼神，恶衣服而致美乎黻冕，卑宫室而尽力乎沟洫。禹，吾无间然矣。"

10.8食不厌精，脍不厌细。食饐而餲，鱼馁而肉败，不食。色恶不食，臭恶不食，失饪不食，不时不食，割不正不食，不得其酱不食。肉虽多，不使胜食气。惟酒无量，不及乱。沽酒市脯不食。不撤姜食，不多食。

10.9祭于公，不宿肉。祭肉不出三日。出三日，不食之矣。

10.10食不语，寝不言。

10.11虽疏食菜羹，必祭，必齐如也。

10.13乡人饮酒，杖者出，斯出矣。

10.18君赐食，必正席先尝之。君赐腥，必熟而荐之。君赐生，必畜之。侍食于君，君祭，先饭。

10.16康子馈药，拜而受之。曰："丘未达，不敢尝。"

10.23朋友之馈，虽车马，非祭肉，不拜。

15.38子曰："事君，敬其事而后其食。"

居

10.12席不正，不坐。

10.24寝不尸，居不客。

13.8子谓卫公子荆："善居室。始有，曰：'苟合矣。'少有，曰：'苟完矣。'富有，曰：'苟美矣。'"

乐

3.20子曰："《关雎》，乐而不淫，哀而不伤。"

3.23子语鲁大师乐，曰："乐其可知也：始作，翕如也。从之一，纯如也，皦如也，绎如也，以成。"

3.25子谓《韶》："尽美矣，又尽善也。"谓《武》："尽美矣，未尽善也。"

7.14子在齐闻《韶》，三月不知肉味。曰："不图为乐之至于斯也。"

7.32子与人歌而善，必使反之，而后和之。

9.15子曰："吾自卫反鲁，然后乐正，《雅》《颂》各得其所。"

斋丧

1.9曾子曰："慎终追远，民德归厚矣。"

2.24子曰："非其鬼而祭之，谄也。见义不为，无勇也。"

3.12祭如在，祭神如神在。子曰："吾不与祭，如不祭。"

7.9子食于有丧者之侧，未尝饱也。

7.10子于是日哭，则不歌。

10.7齐，必有明衣，布。齐必变食，居必迁坐。

17.21宰我问："三年之丧，期已久矣。君子三年不为礼，礼必坏。三年不为乐，乐必崩。旧谷既没，新谷既升，钻燧改火，期可已矣。"子曰："食夫稻，衣夫锦，于女安乎？"曰："安。""女安，则为之。夫君子之居丧，食旨不甘，闻乐不乐，居处不安，故不为也。今女安，则为之！"宰我出。子曰："予之不仁也！子生三年，然后免于父母之怀。

夫三年之丧，天下之通丧也。予也有三年之爱于其父母乎？”

14.40 子张曰：“《书》云：‘高宗谅阴，三年不言。’何谓也？”子曰：“何必高宗，古之人皆然。君薨，百官总己以听于冢宰三年。”

19.14 子游曰：“丧致乎哀而止。”

19.17 曾子曰：“吾闻诸夫子：人未有自致者也，必也亲丧乎！”

祷

3.13 王孙贾问曰：“与其媚于奥，宁媚于灶，何谓也？”子曰：“不然。获罪于天，无所祷也。”

7.21 子不语：怪、力、乱、神。

7.35 子疾病，子路请祷。子曰：“有诸？”子路对曰：“有之。诔曰：‘祷尔于上下神祇。’”子曰：“丘之祷久矣。”

11.12 季路问事鬼神。子曰：“未能事人，焉能事鬼？”曰：“敢问死。”曰：“未知生，焉知死？”

14.43 原壤夷俟。子曰：“幼而不孙弟，长而无述焉，老而不死，是为贼。”以杖叩其胫。

评论他人

2.2 子曰：“《诗》三百，一言以蔽之，曰：‘思无邪。’”

2.9 子曰：“吾与回言终日，不违，如愚。退而省其私，亦足以发，回也不愚。”

3.6 季氏旅于泰山。子谓冉有曰：“女弗能救与？”对曰：“不能。”子曰：“呜呼！曾谓泰山不如林放乎？”

5.9 子谓子贡曰：“女与回也孰愈？”对曰：“赐也何敢望回？回也闻一以知十，赐也闻一以知二。”子曰：“弗如也。吾与女弗如也。”

5.17 子曰：“晏平仲善与人交，久而敬之。”

5.18 子曰：“臧文仲居蔡，山节藻棁，何如其知也？”

5.19 子张问曰：“令尹子文三仕为令尹，无喜色。三已之，无愠色。旧令尹之政，必以告新令尹。何如？”子曰：“忠矣。”曰：“仁矣乎？”曰：“未知。焉得仁？”“崔子弑齐君，陈文子有马十乘，弃而违。至于他邦，则曰：‘犹吾大夫崔子也。’违之。之一邦，则又曰：‘犹吾大夫崔子也。’违之。何如？”子曰：“清矣。”曰：“仁矣乎？”曰：“未知。焉得仁？”

5.21子曰：“宁武子，邦有道，则知。邦无道，则愚。其知可及也，其愚不可及也。”

5.23子曰：“伯夷、叔齐不念旧恶，怨是用希。”

5.24子曰：“孰谓微生高直？或乞醯焉，乞诸其邻而与之。”

6.1子曰：“雍也可使南面。”

6.3哀公问：“弟子孰为好学？”孔子对曰：“有颜回者好学，不迁怒，不贰过。不幸短命死矣。今也则亡，未闻好学者也。”

6.5原思为之宰，与之粟九百，辞。子曰：“毋！以与尔邻里乡党乎！”

6.16子曰：“不有祝鮀之佞，而有宋朝之美，难乎免于今之世矣！”

8.1子曰：“泰伯，其可谓至德也已矣。三以天下让，民无得而称焉。”

8.11子曰：“如有周公之才之美，使骄且吝，其余不足观也已。”

8.19子曰：“大哉尧之为君也！巍巍乎！唯天为大，唯尧则之。荡荡乎！民无能名焉。巍巍乎其有成功也！焕乎其有文章！”

9.20子曰：“语之而不惰者，其回也与！”

9.21子谓颜渊曰：“惜乎！吾见其进也，未见其止也。”

9.23子曰：“后生可畏，焉知来者之不如今也？四十、五十而无闻焉，斯亦不足畏也已。”

11.2子曰：“从我于陈、蔡者，皆不及门也。”

11.3德行：颜渊、闵子骞、冉伯牛、仲弓。言语：宰我、子贡。政事：冉有、季路。文学：子游、子夏。

11.4子曰：“回也非助我者也，于吾言无所不说。”

11.7季康子问：“弟子孰为好学？”孔子对曰：“有颜回者好学，不幸短命死矣！今也则亡。”

11.9颜渊死。子曰：“噫！天丧予！天丧予！”

11.10颜渊死，子哭之恸。从者曰：“子恸矣！”曰：“有恸乎？非夫人之为恸而谁为？”

11.11颜渊死，门人欲厚葬之。子曰：“不可。”门人厚葬之。子曰：

“回也视予犹父也，予不得视犹子也。非我也，夫二三子也。”

11.13 闵子侍侧，訚訚如也。子路，行行如也。冉有、子贡，侃侃如也。子乐。“若由也，不得其死然。”

11.15 子曰：“由之瑟奚为于丘之门？”门人不敬子路。子曰：“由也升堂矣，未入于室也。”

11.16 子贡问：“师与商也孰贤？”子曰：“师也过，商也不及。”曰：“然则师愈与？”子曰：“过犹不及。”

11.18 柴也愚，参也鲁，师也辟，由也喭。

11.19 子曰：“回也其庶乎？屡空。赐不受命，而货殖焉，亿则屡中。”

11.24 季子然问：“仲由、冉求可谓大臣与？”子曰：“吾以子为异之问，曾由与求之问。所谓大臣者，以道事君，不可则止。今由与求也，可谓具臣矣。”曰：“然则从之者与？”子曰：“弑父与君，亦不从也。”

11.25 子路使子羔为费宰。子曰：“贼夫人之子。”子路曰：“有民人焉，有社稷焉，何必读书，然后为学？”子曰：“是故恶夫佞者。”

14.9 或问子产。子曰：“惠人也。”问子西。曰：“彼哉！彼哉！”问管仲。曰：“人也。夺伯氏骈邑三百，饭疏食，没齿无怨言。”

14.11 子曰：“孟公绰为赵、魏老则优，不可以为滕、薛大夫。”

14.13 子问公叔文子于公明贾曰：“信乎，夫子不言，不笑，不取乎？”公明贾对曰：“以告者过也，夫子时然后言，人不厌其言。乐然后笑，人不厌其笑。义然后取，人不厌其取。”子曰：“其然？岂其然乎？”

14.14 子曰：“臧武仲以防求为后于鲁，虽曰不要君，吾不信也。”

14.15 子曰：“晋文公谲而不正，齐桓公正而不谲。”

14.16 子路曰：“桓公杀公子纠，召忽死之，管仲不死。”曰：“未仁乎？”子曰：“桓公九合诸侯，不以兵车，管仲之力也。如其仁，如其仁。”

14.17 子贡曰：“管仲非仁者与？桓公杀公子纠，不能死，又相之。”子曰：“管仲相桓公，霸诸侯，一匡天下，民到于今受其赐。微管仲，吾其被发左衽矣。岂若匹夫匹妇之为谅也，自经于沟渎而莫之知也？”

14.18 公叔文子之臣大夫僎与文子同升诸公。子闻之曰：“可以为‘文’矣。”

14.19子言卫灵公之无道也，康子曰："夫如是，奚而不丧？"孔子曰："仲叔圉治宾客，祝鮀治宗庙，王孙贾治军旅。夫如是，奚其丧？"

14.29子贡方人。子曰："赐也，贤乎哉？夫我则不暇。"

15.14子曰："臧文仲其窃位者与！知柳下惠之贤而不与立也。"

16.7孔子曰："禄之去公室五世矣，政逮于大夫四世矣，故夫三桓之子孙微矣。"

16.12齐景公有马千驷，死之日，民无德而称焉。伯夷、叔齐饿于首阳之下，民到于今称之。其斯之谓与？

18.8逸民：伯夷、叔齐、虞仲、夷逸、朱张、柳下惠、少连。子曰："不降其志，不辱其身，伯夷、叔齐与！"谓"柳下惠、少连，降志辱身矣，言中伦，行中虑，其斯而已矣"。谓"虞仲、夷逸，隐居放言，身中清，废中权。我则异于是，无可无不可"。

18.11周有八士：伯达、伯适、仲突、仲忽、叔夜、叔夏、季随、季騧。

19.15子游曰："吾友张也为难能也，然而未仁。"

19.16曾子曰："堂堂乎张也，难与并为仁矣。"

其他

12.18季康子患盗，问于孔子。孔子对曰："苟子之不欲，虽赏之不窃。"

14.7子曰："爱之，能勿劳乎？忠焉，能勿诲乎？"

15.16子曰："不曰'如之何，如之何'者，吾末如之何也已矣。"

17.2子曰："性相近也，习相远也。"

17.22子曰："饱食终日，无所用心，难矣哉！不有博弈者乎？为之，犹贤乎已。"

17.25子曰："唯女子与小人为难养也，近之则不孙，远之则怨。"

17.26子曰："年四十而见恶焉，其终也已。"

17.18子曰："恶紫之夺朱也，恶郑声之乱雅乐也，恶利口之覆邦家者。"

17.3子曰："唯上知与下愚不移。"

三、为政

为政

1.5子曰："道千乘之国，敬事而信，节用而爱人，使民以时。"

2.1子曰："为政以德，譬如北辰，居其所而众星共之。"

2.3子曰："道之以政，齐之以刑，民免而无耻。道之以德，齐之以礼，有耻且格。"

2.19哀公问曰："何为则民服？"孔子对曰："举直错诸枉，则民服。举枉错诸直，则民不服。"

2.20季康子问："使民敬、忠以劝，如之何？"子曰："临之以庄，则敬。孝慈，则忠。举善而教不能，则劝。"

2.23子张问："十世可知也？"子曰："殷因于夏礼，所损益，可知也。周因于殷礼，所损益，可知也。其或继周者，虽百世，可知也。"

3.5子曰："夷狄之有君，不如诸夏之亡也。"

3.14子曰："周监于二代，郁郁乎文哉！吾从周。"

6.24子曰："齐一变，至于鲁。鲁一变，至于道。"

8.9子曰："民可使由之，不可使知之。"

8.18子曰："巍巍乎，舜、禹之有天下也，而不与焉！"

8.20舜有臣五人而天下治。武王曰："予有乱臣十人。"孔子曰："才难，不其然乎？唐、虞之际，于斯为盛。有妇人焉，九人而已。三分天下有其二，以服事殷。周之德，其可谓至德也已矣。"

11.26子路、曾晳、冉有、公西华侍坐。子曰："以吾一日长乎尔，毋吾以也。居则曰：'不吾知也！'如或知尔，则何以哉？"子路率尔而对曰："千乘之国，摄乎大国之间，加之以师旅，因之以饥馑。由也为之，比及三年，可使有勇，且知方也。"夫子哂之。"求！尔何如？"对曰："方六七十，如五六十，求也为之，比及三年，可使足民。如其礼乐，以俟君子。""赤！尔何如？"对曰："非曰能之，愿学焉。宗庙之事，如会同，端章甫，愿为小相焉。""点！尔何如？"鼓瑟希，铿尔，舍瑟而作，对曰："异乎三子者之撰。"子曰："何伤乎？亦各言其志也。"曰："莫春者，春服既成，冠者五六人，童子六七人，浴乎沂，风乎舞雩，咏而归。"夫子喟然叹曰："吾与点也！"三子者出，曾皙后。曾皙曰："夫三子者之言何如？"子曰："亦各言其志也已矣。"曰："夫子何哂由也？"曰："为国以礼，其言不让，是故哂之。""唯求则非邦也与？""安见方六七十如五六十而非邦也者？""唯赤则非邦也与？""宗庙会同，非诸侯而何？赤也为之小，孰能为之大？"

12.7 子贡问政。子曰："足食，足兵，民信之矣。"子贡曰："必不得已而去，于斯三者何先？"曰："去兵。"子贡曰："必不得已而去，于斯二者何先？"曰："去食。自古皆有死，民无信不立。"

12.9 哀公问于有若曰："年饥，用不足，如之何？"有若对曰："盍彻乎？"曰："二，吾犹不足，如之何其彻也？"对曰："百姓足，君孰与不足？百姓不足，君孰与足？"

12.11 齐景公问政于孔子。孔子对曰："君君，臣臣，父父，子子。"公曰："善哉！信如君不君，臣不臣，父不父，子不子，虽有粟，吾得而食诸？"

12.14 子张问政。子曰："居之无倦，行之以忠。"

12.17 季康子问政于孔子。孔子对曰："政者，正也。子帅以正，孰敢不正？"

12.19 季康子问政于孔子曰："如杀无道，以就有道，何如？"孔子对曰："子为政，焉用杀？子欲善而民善矣。君子之德风，小人之德草。草上之风必偃。"

13.1 子路问政。子曰："先之劳之。"请益。曰："无倦。"

13.2 仲弓为季氏宰，问政。子曰："先有司，赦小过，举贤才。"曰："焉知贤才而举之？"子曰："举尔所知。尔所不知，人其舍诸？"

13.7 子曰："鲁卫之政，兄弟也。"

13.9 子适卫，冉有仆。子曰："庶矣哉！"冉有曰："既庶矣，又何加焉？"曰："富之。"曰："既富矣，又何加焉？"曰："教之。"

13.5 子曰："诵诗三百，授之以政，不达。使于四方，不能专对。虽多，亦奚以为？"

13.11子曰："'善人为邦百年，亦可以胜残去杀矣。'诚哉是言也！"

13.16叶公问政。子曰："近者说，远者来。"

13.17子夏为莒父宰，问政。子曰："无欲速，无见小利。欲速，则不达。见小利，则大事不成。"

13.24子贡问曰："乡人皆好之，何如？"子曰："未可也。""乡人皆恶之，何如？"子曰："未可也。不如乡人之善者好之，其不善者恶之。"

14.3子曰："邦有道，危言危行。邦无道，危行言孙。"

15.5子曰："无为而治者其舜也与？夫何为哉？恭己正南面而已矣。"

15.7子曰："直哉史鱼！邦有道，如矢。邦无道，如矢。君子哉蘧伯玉！邦有道，则仕。邦无道，则可卷而怀之。"

15.11颜渊问为邦。子曰："行夏之时，乘殷之辂，服周之冕，乐则《韶》《舞》，放郑声，远佞人。郑声淫，佞人殆。"

19.19孟氏使阳肤为士师，问于曾子。曾子曰："上失其道，民散久矣。如得其情，则哀矜而勿喜！"

20.1尧曰："咨！尔舜。天之历数在尔躬，允执其中。四海困穷，天禄永终。"舜亦以命禹。曰："予小子履，敢用玄牡，敢昭告于皇皇后帝：有罪不敢赦。帝臣不蔽，简在帝心。朕躬有罪，无以万方。万方有罪，罪在朕躬。"周有大赉，善人是富。"虽有周亲，不如仁人。百姓有过，在予一人。"谨权量，审法度，修废官，四方之政行焉。兴灭国，继绝世，举逸民，天下之民归心焉。所重：民、食、丧、祭。宽则得众，信则民任焉，敏则有功，公则说。

从政

6.8季康子问："仲由可使从政也与？"子曰："由也果，于从政乎何有？"曰："赐也可使从政也与？"曰："赐也达，于从政乎何有？"曰："求也可使从政也与？"曰："求也艺，于从政乎何有？"

8.14子曰："不在其位，不谋其政。"

13.13子曰："苟正其身矣，于从政乎何有？不能正其身，如正人何？”

13.14 冉子退朝。子曰：“何晏也？”对曰：“有政。”子曰：“其事也。如有政，虽不吾以，吾其与闻之。”

13.10 子曰：“苟有用我者，期月而已可也，三年有成。”

17.1 阳货欲见孔子，孔子不见，归孔子豚。孔子时其亡也，而往拜之。遇诸涂。谓孔子曰：“来！予与尔言。”曰：“怀其宝而迷其邦，可谓仁乎？”曰：“不可。”“好从事而亟失时，可谓知乎？”曰：“不可。”“日月逝矣，岁不我与。”孔子曰：“诺。吾将仕矣。”

17.5 公山弗扰以费畔，召，子欲往。子路不说，曰：“末之也已，何必公山氏之之也？”子曰：“夫召我者，而岂徒哉？如有用我者，吾其为东周乎？”

17.7 佛肸召，子欲往。子路曰：“昔者由也闻诸夫子曰：‘亲于其身为不善者，君子不入也。’佛肸以中牟畔，子之往也，如之何？”子曰：“然。有是言也。不曰坚乎，磨而不磷。不曰白乎，涅而不缁。吾岂匏瓜也哉？焉能系而不食？”

17.10 子谓伯鱼曰：“女为《周南》《召南》矣乎？人而不为《周南》《召南》，其犹正墙面而立也与？”

18.3 齐景公待孔子曰：“若季氏，则吾不能。以季、孟之间待之。”曰：“吾老矣，不能用也。”孔子行。

18.5 楚狂接舆歌而过孔子曰：“凤兮凤兮！何德之衰？往者不可谏，来者犹可追。已而！已而！今之从政者殆而！”孔子下，欲与之言。趋而辟之，不得与之言。

四、其他

感叹

6.25子曰："觚不觚，觚哉！觚哉！"

7.5子曰："甚矣吾衰也！久矣吾不复梦见周公。"

7.19叶公问孔子于子路，子路不对。子曰："女奚不曰：其为人也，发愤忘食，乐以忘忧，不知老之将至云尔。"

9.9子曰："凤鸟不至，河不出图，吾已矣夫！"

9.17子在川上曰："逝者如斯夫！不舍昼夜。"

9.28子曰："岁寒，然后知松柏之后凋也。"

其他

3.1孔子谓季氏："八佾舞于庭，是可忍也，孰不可忍也？"

3.2三家者以《雍》彻。子曰："'相维辟公，天子穆穆'，奚取于三家之堂？"

5.1子谓公冶长："可妻也。虽在缧绁之中，非其罪也。"以其子妻之。

5.2子谓南容："邦有道，不废。邦无道，免于刑戮。"以其兄之子妻之。

5.3子谓子贱："君子哉若人！鲁无君子者，斯焉取斯？"

5.4子贡问曰："赐也何如？"子曰："女，器也。"曰："何器也？"曰："瑚琏也。"

5.6子使漆雕开仕。对曰："吾斯之未能信。"子说。

5.14子路有闻，未之能行，唯恐有闻。

5.22子在陈，曰："归与！归与！吾党之小子狂简，斐然成章，不知所以裁之。"

6.6子谓仲弓曰："犁牛之子骍且角，虽欲勿用，山川其舍诸？"

6.9季氏使闵子骞为费宰。闵子骞曰："善为我辞焉！如有复我者，则吾必在汶上矣。”

6.14 子游为武城宰。子曰：“女得人焉耳乎？”曰：“有澹台灭明者，行不由径，非公事，未尝至于偃之室也。”

6.15 子曰：“孟之反不伐，奔而殿，将入门，策其马，曰：‘非敢后也，马不进也。’”

6.28 子见南子，子路不说。夫子矢之曰：“予所否者，天厌之！天厌之！”

7.4 子之燕居，申申如也，夭夭如也。

8.15 子曰：“师挚之始，《关雎》之乱，洋洋乎盈耳哉！”

9.13 子贡曰：“有美玉于斯，韫椟而藏诸？求善贾而沽诸？”子曰：“沽之哉！沽之哉！我待贾者也。”

10.17 厩焚。子退朝，曰：“伤人乎？”不问马。

10.27 色斯举矣，翔而后集。曰：“山梁雌雉，时哉时哉！”子路共之，三嗅而作。

11.6 南容三复“白圭”，孔子以其兄之子妻之。

11.8 颜渊死，颜路请子之车以为之椁。子曰：“才不才，亦各言其子也。鲤也死，有棺而无椁。吾不徒行以为之椁。以吾从大夫之后，不可徒行也。”

11.23 子畏于匡，颜渊后。子曰：“吾以女为死矣。”曰：“子在，回何敢死？”

14.5 南宫适问于孔子曰：“羿善射，奡荡舟，俱不得其死然。禹、稷躬稼而有天下。”夫子不答。南宫适出，子曰：“君子哉若人！尚德哉若人！”

14.8 子曰：“为命，裨谌草创之，世叔讨论之，行人子羽修饰之，东里子产润色之。”

14.21 陈成子弑简公。孔子沐浴而朝，告于哀公曰：“陈恒弑其君，请讨之。”公曰：“告夫三子！”孔子曰：“以吾从大夫之后，不敢不告也。君曰‘告夫三子’者！”之三子告，不可。孔子曰：“以吾从大夫之后，不敢不告也。”

14.38 子路宿于石门。晨门曰：“奚自？”子路曰：“自孔氏。”曰：

“是知其不可而为之者与？”

14.39 子击磬于卫，有荷蒉而过孔氏之门者，曰：“有心哉，击磬乎！”既而曰：“鄙哉！硁硁乎！莫己知也，斯己而已矣，深则厉，浅则揭。”子曰：“果哉！未之难矣。”

14.44 阙党童子将命，或问之曰：“益者与？”子曰：“吾见其居于位也，见其与先生并行也。非求益者也，欲速成者也。”

16.1 季氏将伐颛臾。冉有、季路见于孔子曰：“季氏将有事于颛臾。”

16.2 孔子曰：“求！无乃尔是过与？夫颛臾，昔者先王以为东蒙主，且在邦域之中矣，是社稷之臣也。何以伐为？”

16.3 冉有曰：“夫子欲之，吾二臣者皆不欲也。”

16.4 孔子曰：“求！周任有言曰：‘陈力就列，不能者止。’危而不持，颠而不扶，则将焉用彼相矣？且尔言过矣。虎兕出于柙，龟玉毁于椟中，是谁之过与？”

16.5 冉有曰：“今夫颛臾，固而近于费。今不取，后世必为子孙忧。”

16.6 孔子曰：“求！君子疾夫舍曰‘欲之’而必为之辞。丘也闻有国有家者，不患寡而患不均，不患贫而患不安。盖均无贫，和无寡，安无倾。夫如是，故远人不服，则修文德以来之。既来之，则安之。今由与求也，相夫子，远人不服而不能来也，邦分崩离析而不能守也，而谋动干戈于邦内。吾恐季孙之忧，不在颛臾，而在萧墙之内也。”

16.14 邦君之妻，君称之曰“夫人”，夫人自称曰“小童”。邦人称之曰“君夫人”，称诸异邦曰“寡小君”。异邦人称之，亦曰“君夫人”。

17.11 子曰：“礼云礼云，玉帛云乎哉？乐云乐云，钟鼓云乎哉？”

17.20 孺悲欲见孔子，孔子辞以疾。将命者出户，取瑟而歌，使之闻之。

18.1 微子去之，箕子为之奴，比干谏而死。孔子曰：“殷有三仁焉。”

18.2 柳下惠为士师，三黜。人曰：“子未可以去乎？”曰：“直道而事人，焉往而不三黜？枉道而事人，何必去父母之邦？”

18.4齐人归女乐，季桓子受之，三日不朝，孔子行。

18.9大师挚适齐，亚饭干适楚，三饭缭适蔡，四饭缺适秦，鼓方叔入于河，播武入于汉，少师阳、击磬襄入于海。

19.23叔孙武叔语大夫于朝，曰："子贡贤于仲尼。"子服景伯以告子贡。子贡曰："譬之宫墙，赐之墙也及肩，窥见室家之好。夫子之墙数仞，不得其门而入，不见宗庙之美，百官之富。得其门者或寡矣。夫子之云，不亦宜乎！"

19.24叔孙武叔毁仲尼。子贡曰："无以为也！仲尼不可毁也。他人之贤者，丘陵也，犹可逾也。仲尼，日月也，无得而逾焉。人虽欲自绝，其何伤于日月乎？多见其不知量也。"

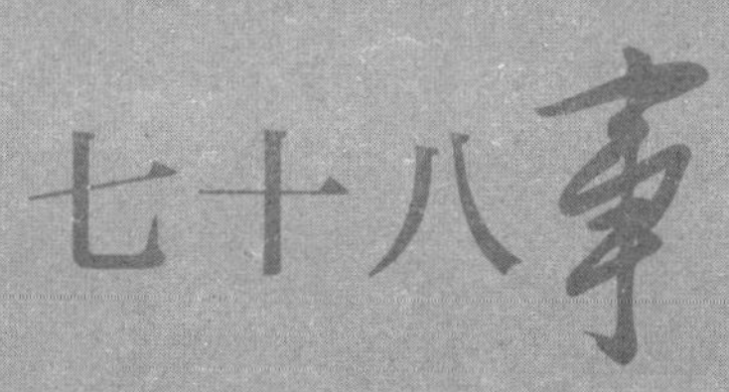

辛、《孝经》

在此收录《孝经》，缅怀古人智慧。

开宗明义章第一

仲尼居，曾子侍。子曰："先王有至德要道，以顺天下，民用和睦，上下无怨。汝知之乎？"曾子避席曰："参不敏，何足以知之？"子曰："夫孝，德之本也，教之所由生也。复坐，吾语汝。身体发肤，受之父母，不敢毁伤，孝之始也。立身行道，扬名于后世，以显父母，孝之终也。夫孝，始于事亲，中于事君，终于立身。《大雅》云：'无念尔祖，聿修厥德。'"

天子章第二

子曰："爱亲者，不敢恶于人。敬亲者，不敢慢于人。爱敬尽于事亲，而德教加于百姓，刑于四海。盖天子之孝也。《甫刑》云：'一人有庆，兆民赖之。'"

诸侯章第三

在上不骄，高而不危。制节谨度，满而不溢。高而不危，所以长守贵也。满而不溢，所以长守富也。富贵不离其身，然后能保其社稷，而和其民人。盖诸侯之孝也。《诗》云："战战兢兢，如临深渊，如履薄冰。"

卿大夫章第四

非先王之法服不敢服，非先王之法言不敢道，非先王之德行不敢行。是故非法不言，非道不行。口无择言，身无择行。言满天下无口过，行满天下无怨恶：三者备矣，然后能守其宗庙。盖卿大夫之孝也。《诗》云：“夙夜匪懈，以事一人。”

士章第五

资于事父以事母，而爱同。资于事父以事君，而敬同。故母取其爱，而君取其敬，兼之者父也。故以孝事君则忠，以敬事长则顺。忠顺不失，以事其上，然后能保其禄位，而守其祭祀。盖士之孝也。《诗》云：“夙兴夜寐，无忝尔所生。”

庶人章第六

用天之道，分地之利，谨身节用，以养父母，此庶人之孝也。故自天子至于庶人，孝无终始，而患不及者，未之有也。

三才章第七

曾子曰：“甚哉，孝之大也！”子曰：“夫孝，天之经也，地之义也，民之行也。天地之经，而民是则之。则天之明，因地之利，以顺天下。是以其教不肃而成，其政不严而治。先王见教之可以化民也，是故先之以博爱，而民莫遗其亲，陈之于德义，而民兴行。先之以敬让，而民不争。导之以礼乐，而民和睦。示之以好恶，而民知禁。《诗》云：‘赫赫师尹，民具尔瞻。’”

孝治章第八

子曰：“昔者明王之以孝治天下也，不敢遗小国之臣，而况于公、侯、伯、子、男乎？故得万国之欢心，以事其先王。治国者，不敢侮于鳏寡，而况于士民乎？故得百姓之欢心，以事其先君。治家者，不敢失于臣妾，而况于妻子乎？故得人之欢心，以事其亲。夫然，故生则亲安之，祭则鬼享之。是以天下和平，灾害不生，祸乱不作。故明王之以孝治天下也如此。《诗》云：‘有觉德行，四国顺之。’”

圣治章第九

曾子曰：“敢问圣人之德无以加于孝乎？”子曰：“天地之性，人为贵。人之行，莫大于孝。孝莫大于严父。严父莫大于配天，则周公其人也。昔者周公郊祀后稷以配天，宗祀文王于明堂，以配上帝。是以四海之内，各以其职来祭。夫圣人之德，又何以加于孝乎？故亲生之膝下，以养父母日严。圣人因严以教敬，因亲以教爱。圣人之教不肃而成，其政不严而治，其所因者本也。父子之道，天性也，君臣之义也。父母生之，续莫大焉。君亲临之，厚莫重焉。故不爱其亲而爱他人者，谓之悖德。不敬其亲而敬他人者，谓之悖礼。以顺则逆，民无则焉。不在于善，而皆在于凶德，虽得之，君子不贵也。君子则不然，言思可道，行思可乐，德义可尊，作事可法，容止可观，进退可度，以临其民。是以其民畏而爱之，则而象之。故能成其德教，而行其政令。《诗》云：‘淑人君子，其仪不忒。’”

纪孝行章第十

子曰：“孝子之事亲也，居则致其敬，养则致其乐，病则致其忧，丧则致其哀，祭则致其严。五者备矣，然后能事亲。事亲者，居上不骄，为下不乱，在丑不争。居上而骄则亡，为下而乱则刑，在丑而争则兵。三者不除，虽日用三牲之养，犹为不孝也。”

五刑章第十一

子曰：“五刑之属三千，而罪莫大于不孝。要君者无上，非圣人者无法，非孝者无亲。此大乱之道也。”

广要道章第十二

子曰：“教民亲爱，莫善于孝。教民礼顺，莫善于悌。移风易俗，莫善于乐。安上治民，莫善于礼。礼者，敬而已矣。故敬其父，则子悦。敬其兄，则弟悦。敬其君，则臣悦。敬一人，而千万人悦。所敬者寡，而悦者众，此之谓要道也。”

广至德章第十三

子曰：“君子之教以孝也，非家至而日见之也。教以孝，所以敬天下之为人父者也。教以悌，所以敬天下之为人兄者也。教以臣，所以敬天下之为人君者也。《诗》云：‘恺悌君子，民之父母。’非至德，其孰能顺民如此其大者乎！”

广扬名章第十四

子曰：“君子之事亲孝，故忠可移于君。事兄悌，故顺可移于长。居家理，故治可移于官。是以行成于内，而名立于后世矣。”

谏诤章第十五

曾子曰：“若夫慈爱恭敬，安亲扬名，则闻命矣。敢问子从父之令，可谓孝乎？”子曰：“是何言与，是何言与！昔者天子有争臣七人，虽无道，不失其天下。诸侯有争臣五人，虽无道，不失其国。大夫有争臣三人，虽无道，不失其家。士有争友，则身不离于令名。父有争子，则身不陷于不义。故当不义，则子不可以不争于父，臣不可以不争于君。故当不义，则争之。从父之令，又焉得为孝乎！”

感应章第十六

子曰：“昔者明王事父孝，故事天明。事母孝，故事地察。长幼顺，故上下治。天地明察，神明彰矣。故虽天子，必有尊也，言有父也。必有先也，言有兄也。宗庙致敬，不忘亲也。修身慎行，恐辱先也。宗庙致敬，鬼神著矣。孝悌之至，通于神明，光于四海，无所不通。《诗》云：‘自西自东，自南自北，无思不服。’”

事君章第十七

子曰：“君子之事上也，进思尽忠，退思补过，将顺其美，匡救其恶，故上下能相亲也。《诗》云：‘心乎爱矣，遐不谓矣。中心藏之，何日忘之。’”

丧亲章第十八

子曰：“孝子之丧亲也，哭不偯，礼无容，言不文，服美不安，闻乐不乐，食旨不甘，此哀戚之情也。三日而食，教民无以死伤生。毁不灭性，此圣人之政也。丧不过三年，示民有终也。为之棺椁衣衾而举之，陈其簠簋而哀戚之。擗踊哭泣，哀以送之。卜其宅兆，而安措之。为之宗庙，以鬼享之。春秋祭祀，以时思之。生事爱敬，死事哀戚，生民之本尽矣，死生之义备矣，孝子之事亲终矣。”

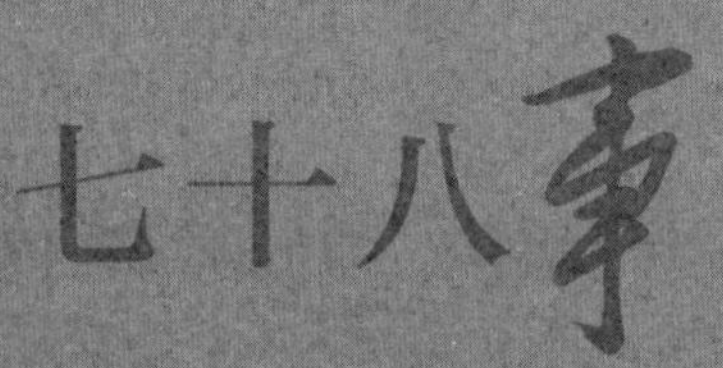

王、《祭父千字文》

父亲刘氏，名曰克嘉，幼字清华，余字刘野。
生于湖北，汉藜光堂，刘仁八村，黄石大冶。
辛未年秋，丁酉之月，于丁丑日，来到人间。
家境殷实，母慈父严，好景不长，战火连年。
六岁丧父，七岁失兄，与母乐氏，相伴日夜。
十八丧母，离乡背井，孤苦伶仃，谋生楚天。
凿壁偷光，勤学苦练，二十未几，考入大学。
数年寒窗，学习文科，中外文学，修成正业。
毕业东北，奔赴南疆，教书育人，桂林中学。
讲台面前，绘声绘色，学生桃李，皆有好言。
再事桂剧，创作改编，古剧今戏，百八十篇。
“文革”之后，风华正茂，筹建戏校，养花育叶。
八十年代，年富力强，文化局长，德艺双全。
后入文联，未有几年，一心一意，文化事业。
二十九岁，成家立业，解放西路，逐笑开颜。
娇妻宋氏，内敛贤惠，相夫教子，夫妇贤贤。
夫妻恩爱，相敬如宾，相濡以沫，情意无限。
五十余载，荣辱与共，恭和谦让，共建家园。
儿女教育，以身作则，言传身教，绝不等闲。
慈祥和蔼，宽严有度，循循善诱，细不待言。
长女昌静，研修造船，次女昌任，专攻语言。
长子昌易，学习物理，次子昌正，电子专业。

为人仁慈，宽宏大量，好善乐施，人人称贤。
滴水之恩，相助之情，涌泉以报，善莫大焉。
朋友义气，肝胆相照，诚实待人，传为美言。
灯下牌友，周末相聚，好似一日，三十几年。
礼数之道，不苟丝毫，王公平民，实罕见焉。
穿衣戴帽，举手投足，彬彬有礼，风度翩翩。
若愚智慧，通今鉴古，知识渊博，造诣精焉。
侃侃言语，诙谐幽默，娓娓论道，引经据典。
以信为本，立身做人，不苟一事，兢兢业业。
承诺为金，言而有信，教诲子女，绝无戏言。
沉着冷静，敢作敢为，胸无所惧，勇在心间。
爱憎黑白，径渭分明，嫉恶如仇，遇事在前。
刚正不阿，直率待人，巧言令色，道不合焉。
宁为直取，不苟曲求，不事权贵，横眉对焉。
望山楼上，恬淡平居，刻苦读书，总不言倦。
容膝斋里，挑灯伏案，挥笔疾书，文章千篇。
金石篆刻，刀法精湛，笔笔功夫，佳作几千。
唐诗宋词，潜心研究，旧体诗词，人人称绝。
行文走墨，妙笔生辉，书法精美，功夫自现。
经史子集，无所不好，积累终身，藏书万卷。
精益求精，无所不微，五金手工，自幼习研。
无奢无求，崇尚简朴，精细别致，如痴如癫。
学富才高，总觉不足，开卷有益，时刻钻研。
终其一生，研究学问，求知若渴，效法先贤。
上天之意，西行仙逝，寿终彭岛，己丑之年。
苍天冥冥，大地凄凄，眼泪盈盈，午月炎炎。
亲人家属，扼腕捶胸，儿女肠断，悲痛欲绝。
后生等辈，屈膝瞻仰，相识好友，莫不叹焉。
禄门子孙，克绍箕裘，祈愿天灵，安息去焉。

儿孙后代，团结一致，光宗耀祖，毕尽遗愿。
亲戚余悲，他人已歌，此去何所，托体山阿。
托体山阿，鹏城大地，仲夏时节，夏日炎炎。
夏日炎炎兮，我心悲凉，父亲何往兮，我心惶惶。
天涯兮海角，你在何方，父亲天灵兮，驾鹤天堂。
父亲教诲兮，犹在耳旁，儿女铭记兮，心已神往。
自今兮以后，努力向上，父亲天灵兮，放心安详。
人生有涯兮，人海茫茫，儿女他日兮，伴你身旁。
吉日兮良辰，再听你讲，父亲天灵兮，细说汉唐。
苍天何所兮，我怎悲凉，父亲已往兮，我怎惶惶。
今年兮今日，在我心上，他年他日兮，回你身旁。

子女　昌静　昌任　昌易　昌正　泣叩首祭拜
己丑年庚午月癸卯日 二〇〇九年六月廿七日深圳

祭父千字文

父亲刘氏名曰克嘉幼字清华余字刘野生于湖北汉藜光堂刘仁八村黄石大冶辛未年秋丁酉之月于丁丑日来到人间家境般实
母慈父严好景不长战火连年六岁丧父七岁失兄与母乐氏相伴日夜十八丧母离乡背井孤苦伶仃谋生楚天凿壁偷光勤学苦练
二十未几考入大学数年寒窗学习文科中外文学修成正业毕业东北奔赴南疆教书育人桂林中学讲台面前绘声绘色学生桃李
皆有好言再事桂剧创作改编古剧今戏百八十篇文革之后风华正茂筹建戏校养花育叶八十年代年富力强文化局长德艺双全
后入文联未有几年一心一意文化事业二十九岁成家立业解放西路逐笑开颜娇妻宋氏内敛贤惠相夫教子夫妇贤贤夫妻恩爱
相敬如宾相濡以沫情意无限五十余载荣辱与共恭和谦让共建家园儿女教育以身作则言传身教绝不等闲慈祥和蔼宽严有度
循循善诱细不待言长女昌静研修造船次女昌任专攻语言长子昌易学习物理次子昌正电子专业
为人仁慈宽宏大量好善乐施人人称贤滴水之恩相助之情涌泉以报善莫大焉朋友义气肝胆相照诚实待人传为美言灯下牌友
周末相聚好似一日三十几年礼数之道不苟丝毫王公平民实罕见焉穿衣戴帽举手投足彬彬有礼风度翩翩若愚智慧通今鉴古
知识渊博造诣精焉侃侃言语诙谐幽默娓娓论道引经据典以信为本立身做人不苟一事兢兢业业承诺为金言而有信教诲子女
绝无戏言沉着冷静敢作敢为胸无所惧勇在心间爱憎黑白泾渭分明嫉恶如仇遇事在前刚正不阿直率待人巧言令色道不合焉
宁为直取不苟曲求不事权贵横眉对焉望山楼上恬淡平居刻苦读书总不言倦容膝斋里挑灯伏案挥笔疾书文章千篇金石篆刻
刀法精湛笔笔功夫佳作几千唐诗宋词潜心研究旧体诗词人人称绝行文走墨妙笔生辉书法精美功夫自现经史子集无所不好
积累终身藏书万卷精益求精无所不徽五金手工自幼习研无奢无求崇尚简朴精细别致如痴如癫学富才高总觉不足开卷有益
时刻钻研终其一生研究学问求知若渴效法先贤上天之意西行仙逝寿终彭岛己丑之年苍天冥冥大地凄凄眼泪盈盈午月炎炎
亲人家属扼腕捶胸儿女肠断悲痛欲绝后生等辈屈膝瞻仰相识好友莫不叹焉禄门子孙克绍箕裘祈愿天灵安息去焉儿孙后代
团结一致光宗耀祖毕尽遗愿亲戚余悲他人已歌此去何所托体山阿托体山阿鹏城大地仲夏时节夏日炎炎
夏日炎炎兮我心悲凉父亲何往兮我心惶惶天涯兮海角你在何方父亲天灵兮驾鹤天堂父亲教诲兮犹在耳旁儿女铭记兮心已
神往自今兮以后努力向上父亲天灵兮放心安详人生有涯兮人海茫茫儿女他日兮伴你身旁吉日兮良辰再听你讲父亲天灵兮
细说汉唐苍天何所兮我怎悲凉父亲已往兮我怎惶惶今年兮今日在我心上他年他日兮回你身旁

子女 昌静 昌任 昌易 昌正 泣 叩首 祭拜 己丑年庚午月癸卯日 二零零九年六月廿七日深圳

书稿编写修改记录

稿次	完成日期	修改处统计
第一稿	二〇一五年元月廿四日	未计
第二稿	二〇一五年十一月七日	未计
第三稿	二〇一五年十二月四日	未计
第四稿	二〇一六年八月十六日	未计
第五稿	二〇一六年九月十一日	201
第六稿	二〇一六年九月廿一日	137
第七稿	二〇一八年九月廿一日	315
第八稿	二〇一八年十一月九日	166
第九稿	二〇一八年十一月十七日	231
第十稿	二〇一九年一月廿七日	360
第十一稿	二〇一九年三月十二日	141
第十二稿	二〇一九年三月廿一日	111
第十三稿	二〇一九年四月三日	84
第十四稿	二〇一九年五月三十日	57
第十五稿	二〇一九年六月十一日	72
第十六稿	二〇一九年六月十三日	34
第十七稿	二〇一九年六月十七日	90
第十八稿	二〇一九年六月十九日	10
第十九稿	二〇一九年七月廿九日	11
第二十稿	二〇一九年九月廿六日	12
第廿一稿	二〇二一年三月廿三日	5
第廿二稿	二〇二一年四月十三日	1
第廿三稿	二〇二二年六月十二日	9
第廿四稿	二〇二二年六月廿四日	24
第廿五稿	二〇二二年九月十二日	25
第廿六稿	二〇二二年十月十七日	17
合计：		2113

小时候，六、七岁吧，在市工人文化宫，展示小学生书法，我们书法在其中。爸爸和我去看了。

在家，父亲最迷人之处，在子女教育过程中，不限制不要求，而是尊重，以身作则。

小时候，父亲朋友到家里，常问，你这么多书，以后谁继承呀。父亲总是笑而不答。

我当时很不好意思，感觉自己字太差了，歪歪扭扭。爸爸没有任何批评。感觉他不是很在乎。只对我说过“很好”之语。记不清了

2022/6/16

2019年9月21日

父亲大人诞辰八十周年